レクチャー
第一次世界大戦を考える

表象の傷

第一次世界大戦からみるフランス文学史

Akihiro Kubo
久保昭博

人文書院

「レクチャー　第一次世界大戦を考える」の刊行にあたって

京都大学人文科学研究所の共同研究班「第一次世界大戦の総合的研究に向けて」は、二〇〇七年四月にスタートした。以降、開戦一〇〇周年にあたる二〇一四年に最終的な成果を世に問うことを目標として、毎年二〇回前後のペースで研究会を積み重ねてきた（二〇一〇年四月には共同研究班の名称を「第一次世界大戦の総合的研究」へと改めた）。本シリーズは、広く一般の読者に対し、第一次世界大戦をめぐって問題化されるさまざまなテーマを平易に概説することを趣旨とするが、同時に、三年あまりにおよぶこれまでの研究活動の中間的な成果報告としての性格を併せもつ。

本シリーズの執筆者はいずれも共同研究班の班員であり、また、その多くは京都大学の全学共通科目「第一次世界大戦と現代社会」が開講された際の講師である。「レクチャー」ということばを冠するのは、こうした経緯による。本シリーズが広く授業や演習に活用されることを、執筆者一同は期待している。

第一次世界大戦こそ私たちが生活している「現代世界」の基本的な枠組みをつくりだした出来事だったのではないか、依然として私たちは大量殺戮・破壊によって特徴づけられる「ポスト第一次世界大戦の世紀」を生きているのではないか——共同研究班において最も中心的な検討の対象となってきた仮説はこれである。本シリーズの各巻はいずれも、この仮説の当否を問うための材料を各々の切り口から提示するものである。

周知の通り、日本における第一次世界大戦研究の蓄積は乏しく、その世界史的なインパクトが充分に認識されているとはいいがたい。「第一次世界大戦を考える」ことを促すうえで有効な一助となることを願いつつ、ささやかな成果とはいいえ、本シリーズを送り出したい。

もくじ

はじめに

二〇世紀のフランス文学史を考えるにあたって、第一次世界大戦が避けて通ることのできない出来事であることに異論を唱える者はいないだろう。戦後、シュルレアリスムの詩人として活躍することになるフィリップ・スーポーは、自身の出征経験に触れたある詩のなかで、「戻ってきたらすべてが変わっていた」と書いていた。スーポーのように、大戦（以下単に「大戦」と記す際には、特に断りのない限り第一次世界大戦を指す）を、「断絶」の経験として受け止め、そこに新たな時代の決定的な刻印を見出した同時代の作家は少なくない。しかし開戦から百年となる年を数年後に控え、大戦の歴史的な意義について考えようとしている私たちが、この「断絶」を振り返り、そこに二〇世紀文学の決定的な出発点を認めることはできないのである。

文学史における大戦の位置づけを考える出発点として、近年書かれたフランス文学史を参照してみよう。ジャン＝イヴ・タディエの編になる『フランス文学――力学と歴史』（二〇〇七年）は、社会史などの成果を取り入れ、編年体の記述を排することによって、多元的で開かれた文学史の叙述を試みた書物であるが、そこで二〇世紀の章を執筆したアントワーヌ・コンパニョンは、この世紀の出発点として三つの年を挙げている。

一八九八年。マラルメ*が世を去り、象徴派*の精神的支柱が失われた年として記憶されるこの年は、また、ドレフュス事件*の緊張が最高潮に達した年でもある。ドレフュスの無実を訴え、軍部を批判したゾラ*の有名な「私は弾劾する……」が『オーロール』紙に掲載され、大スキャンダルを巻き起こしたのが年明け早々の一月一三日。それと前後して、ドレフュス派の学者や作家を指す「知識人」という言葉が新聞をにぎわせ（「知識人《アンテレクチュエル》」という語はドレフュス事件とともに生まれたことを想起しておこう）、世論はドレフュス派と反ドレフュス派のまっぷたつに分かれた。その結果、内戦状態といっても過言ではない論争がいたるところで繰り広げられたのである。コンパニョンは言う。「一八九八年は、文学の『政治参加』の始まりを告げる年である。両大戦間期のファシズム、世紀の最初から最後まで、しかしとりわけ一九四五年以降に見られるコミュニズム、一九六八年前後の極左主義、最後にベルリンの壁が崩壊した一九八九年にその頂点を見出す非＝政治参加とイデオロギーの終焉。このように、政治の問題は、世紀のほぼ全体を貫いている。」第2章でみるように、ドレフュス事件によって二つの陣営に分かれた知識人は、大戦勃発とともにこんどは一

ステファヌ・マラルメ
一八四二〜一八九八年。フランスの詩人。リセの教師として隠遁に近い生活を送りながら、言語表現の可能性の極限を思考した詩や評論を残した。きわめて観念的で、世俗的なものとの葛藤の上に文学的な純粋さを追求する作品は、象徴派に属する同時代の詩人のみならず、二〇世紀の思想と文学にも大きな影響を及ぼした。

象徴派
マラルメやヴェルレーヌを師と仰ぎ、自然主義に反対する詩人たちによって、一九世紀末にひろめられた文学の傾向。自然の事物などを象徴として、神秘的な宇宙や内面世界を暗示する秘教的な詩的世界を追求する一方、伝統的な詩句の形式を解体し、自由詩句を用いるという実験的で前衛的な傾向も有していた。退廃的な文化とペシミズムを色濃く漂わせたデカダン派との親和性が強く、世紀転換期にかけては病的な嗜好を攻撃された象徴派であるが、その詩学は、ヴァレリー、ジッド、クローデル

丸となって、祖国を守るための新たな「政治参加」を行うことになるだろう。

一九〇二年。ゾラが自宅で謎の残る死を遂げた年である。とはいえこの年が注目に価するのは、既に前世紀の末から自然主義に替わる新たな傾向が現れていた小説の変化ゆえというより、むしろ批評家のアルベール・チボーデがいち早く指摘したように、重要な学制改革が行われたことによる。この改革の要点は、ギリシャ・ラテン文化の古典的教養をベースにした人文主義的教育から、現用の言語・文化の学習に重点を置く近代的な教育へのシフトチェンジであった。これによって学校教育は民主化と反伝統主義の度合いを一段と進め、規範的な文章・文体概念も必然的に変化することになるのだが、興味深いのは、この改革の影響を最初に受けた世代が、二〇歳前後の多感な時期に大戦を迎え、戦後に文学の新傾向を担う作家たちの世代とぴったり合致することである。ダダイストやシュルレアリストが得意とした、統辞法や文法規則を意図的に無視する文章のように、しばしば大戦が精神に与えた破壊的影響と結びつけて考えられがちな、伝統的語法からの切断をことさらに強調する文学表現の新たな地平は、実のところ戦前に彼らが受けた教育によって準備されていたのである。大戦が文学に与えた影響は、それゆえ相対化されねばならない。チボーデが『フランス文学史』（一九三六年）の最終章で強調したのも、まさにそのことであった。彼は次のように印象的なメタファーを用いて述べている。「海底深くから引き上げられた魚は、減圧によって内臓を破裂させられて水面に浮かぶ。

らによって二〇世紀に継承された。

ドレフュス事件　一八九四年に起きた、フランス陸軍参謀本部勤務のアルフレッド・ドレフュス大尉に対するえん罪事件。ドイツに軍の機密情報を渡したスパイの疑いをかけられたドレフュスがユダヤ人であったことから、反ユダヤ主義と愛国主義の風潮に火を付ける結果となり、これに反対した知識人たちが介入することで、事件は一個人の背信行為を問うものから、世論を舞台にした政治的闘争へと発展した。

エミール・ゾラ　一八四〇〜一九〇二年。自然主義を代表するフランスの小説家。ドレフュス事件に際しては熱心なドレフュス派として政治参加した。代表作は『居酒屋』（一八七七年）などを含む全二〇巻からなる《ルーゴン＝マッカール叢書》（一八七一〜一八九三年）。

この世代が二〇歳になったとき、彼らはこのように内的な革命状態にあった。伝統的な人文主義《ユマニスム》を逃れた最初の世代の若者は、さらにその若さによって、伝統的な人類《ユマニテ》を逃れたのである。」

一九一四年？　もちろん大戦勃発の年である。しかし政治史や社会史の観点からは、一九世紀の延長線上にあるベル・エポックに暴力的な終止符を打ち、新たな時代を開いた出来事と考えられる大戦も、文学史においては、その数年前から始まっていた芸術的革新の「疾風怒濤の時代」を終わらせ、芸術の流れを一転して退行に向かわせた出来事となる。疑問符を付さねばならないのはそのためだ。事実、大戦に先立つ数年間の芸術的成果には目覚ましいものがある。ジュール・ロマンの『一体生活』（一九〇八年）やマリネッティによる最初の未来派宣言（一九〇九年）につづいて、一九一二年には、サンドラールの『ニューヨークの復活祭』が出版される。またジッドが中心となった『新フランス評論』（NRF）や、アポリネールやサンドラールが指揮をとったモダニズムの諸雑誌が創刊されるのも大戦前夜のこの時期である。

そして一九一三年は、それまでの数年間に見られた革新的な傾向が、頂点に達した年として特筆すべき年である。見方によっては、この年を二〇世紀の出発点とすることも十分に可能だろう。詩ではサンドラールと画家ソニア・ドローネーとの共作になる『シベリア横断鉄道とフランスの少女ジャンヌ』、アポリネール『アルコール』というモダニズムの金字塔的作品が、小説に目を転ずればアラン・フルニエ『モーヌの大将』やロジェ・マルタン＝デュ＝ガール『ジャン・バロワ』、プルースト『スワン家の方へ』がこの年に出版された。気鋭の批評家として登場したジャック・リヴィエールが、象徴派時代の終わりを告げ、新たな時代の文学的感性を定義した「冒険小説論」をＮＲＦに発表したのもこの年である。「それゆえ政治史家の時代区分に従うことはできない。文学と芸術においては、一九〇九年から一九一四年にかけてが二〇世紀においてもっとも独創的かつ豊穣な時代のひとつであり、世紀を確立した年である。……それゆえすべてはしばらく以前から提示されていたのであり、その後に、戦争による中断が退行あるいは反動を、つまりは詩においても絵画においてもより伝統的な形式への回帰を引き起こしたと考えられるのだ。」コンパニョンがこのように定式化した認識は、『ボードレールからシュルレアリスムまで』（一九四〇年）の著者マルセル・レーモンや、『象徴主義的価値の危機』（一九六〇年）の著者ミシェル・デコーダンら、世紀転換期から大戦にいたる文学的動向について考察した批評家や研究者によって、つとに表明されていたものでもある。

おおざっぱであるとはいえ、この見取り図からは、世紀転換期に起こっていたいくつかの重要な芸術上の転回、そしてそこから生じていた文学の新たな展開を暴力的にねじ曲げた出来事として、大戦を捉えられるということが分かるだろう。大戦と文学史の関係について本書がとる基本的なスタンスもまた、このようなものである。では大戦によってどのような力が文学にかかり、文学史はどのような方向性——もちろん複数の方向性が考えられる——をとるにいたったのか。そして、そこから生まれた「現代性」は、どのような特質を持っているのか。本書の目的は、こうした観点から、フランス文学史における大戦の意義を考察することにある。

本書では、「戦争文化」という概念を手がかりとして、この問題にアプローチしてみたい。これは、外交史、軍事史に重点がおかれた従来の大戦研究を見直し、文化史の観点から、戦争の時代を生きた人々の心性に迫ろうとした歴史研究者たちによって、一九九〇年代に提唱された概念である。

第一次世界大戦は、動員された物資や人間の量、あるいは失われた人命の規模の巨大さから、文字通りの「大きな」戦争であり、ヨーロッパ戦争としてはじまりながら、アメリカ合衆国やアジア、アフリカ諸国を巻き込むことによって、世界を暴力的にひとつにした「世界」戦争でもあり、さらには「戦争を終わらせるための戦争」という期待のうちに遂行されながら、皮肉にも「次の」世界大戦を準備してしまった「最初の」戦争である。▼ このように大戦は、重層的な意味で人類がこれまで経験したことのない出来事となっているのであるが、それが芸術に与えた最大のインパクトは、この戦争の重要なもうひとつの側面、すなわち、「総力戦」という点に求められるだろう。

▼大戦の基本的な特徴については、本シリーズ小関隆『徴兵制と良心的兵役拒否』を参照。

ヒト、モノ、カネ、あらゆる資源が戦争に勝つという唯一の目的のために動員され、前線で戦う兵士のみならず、女性や子供も含めた非戦闘員も何らかのかたちで関わることを余儀なくされる戦争、言い換えれば、兵士を戦場に送って戦わせるだけではなく、直接戦闘には加わらない市民の生活も「銃後」として戦時体制の下に組織する戦争、それが総力戦である。このような戦争を遂行するためには、兵力や兵站といった物質的な面と同様に、あるいはそれ以上に、精神的な面においても国を挙げて臨戦態勢をとることが求められる。戦争文化とは、このように物資や人員とともに文化や芸術も動員され、戦争という事態が、物質的、精神的であるとを問わず、生活のあらゆる局面に関わるまでに全面化するなかで、同時代人たちが作り出した、戦争をめぐる表象の体系を指している。戦争文化という視点から文学を見直すことは、これまで文学研究ではあまり扱われてこなかった戦時中の文学状況に光を当てつつ、大戦は文学をいかなる状況に置いたのか、そしてそれは後の文学の展開にどのような影響をもたらしたのかといった観点から、文学史を再検討することを可能にするだろう。

とはいえ、戦争文化を一枚岩のものとして捉えることはできない。確かに戦争文化には、プロパガンダや教育、あるいは検閲等によって、戦争遂行のために作られた文化という意味合いがあるとはいえ、それはこの概念の一面を表わすに過ぎないからである。戦争文化は押しつけられた文化であるというだけではなく、人々が戦争という現実——それには愛国主義や義務感といった、戦争を受け入れるための感情だけでなく、暴力的な経験や近親者の死などによる苦痛もある――を内面化することを通じて生み出される、個別的な表象の総体でもあるのだ。それゆえ戦争文化の多様性を考慮することが重要になる。たとえば第3章で扱うように、前線の兵士たちによって作られる戦争表象と、銃後の人々によって作られる表象との間に存在する差異は戦争文学によってしばしば強調されるのだが、このように戦争への関わり方によって変化する表象の差異それ自体が、戦争文化を構成する要素となるのである。また戦争文化が時間とともに変化することにも注意しなければならない。この観点から戦時中のフランスにおける精神状態の推移を再解釈したステファン・オドワン＝ルゾーとアネット・ベッケルは、紛争状態にあった四年間を、文化の動員がほぼ完璧に行われた時期（一九一四～一九一五年）、動員状態がほころびを見せ、一九一七年の反乱*にその頂点を見出す厭戦気分が漂う時期（一九一六～一九一七年）、再動員が行われる時期（一九一八年）と三つの時期に分け、それに続いて終戦後の一九一九年には、文化を「動員解除」する時期がやってくるとしている。このような通時的変化から文学が被ったもの、あるいはそれに対して果たした役割を明らかにしつつ、文学独自の変化について検討する必要があるだろう。

本書の構成を概観しておこう。

第1章では、戦争文化の予兆となり、また戦時中に通奏低音のように響きつづける思想、すなわち人間は生まれ変わり、文化は浄化されねばならないとい

一九一七年の反乱
一九一七年四月から六月にかけてフランス軍内部に広がった反乱。二五〇件の集団的不服従行為が、軍の三分の二に及ぶ六八個師団において見られた。ニヴェル将軍によって実行されたシュマン・デ・ダムの攻勢が、ぶざまな失敗に終わった直後に起きたことから、これによって生じた士気の極端な低下を直接的な原因とする見方がある。反乱を起こした兵士たちのなかには、《インターナショナル》を歌い、赤旗を振るといった動きも見られたが、彼らが共有していたのは、革命と和平の実現といった政治的な目的よりも、むしろ勝算のない攻撃を続ける司令部に対する反感と、過酷な生活条件に対する不満であった。

う思想と戦争待望論との結びつきについて、戦争前夜の文学状況に即して論ずる。

第2章は、開戦当初に吹き荒れた愛国主義的風潮について概観する。開戦と同時に芸術家の多くは積極的にプロパガンダに協力し、またそうしないまでも愛国主義的、好戦的な態度をとって、文化の動員に協力した。大戦前には反戦の立場をとっていた社会主義者までもが戦争を受け入れ、「祖国のために」戦うという姿勢をとるにいたったメカニズムはどのようなものであったのか、ここで確認する。またこの章の最後では、数少ない反戦主義者であったロマン・ロランとアランがそれぞれとった態度について、戦争文化との関連において比較検討する。

続く二章では戦時中の文学状況を扱う。戦時中の戦争文化を代表する文学ジャンルは、戦場を経験した作家によって書かれたルポルタージュ的な戦争文学である。そこで第3章では、その代表的な作品であるアンリ・バルビュスの『砲火』をとりあげ、戦争文化を背景にすることによってのみ成立しえた戦争文学のリアリズムの構造を分析する。第4章で取り上げるのはモダニズムである。保守的、反動的な風潮が生じたことによって、モダニズムは戦時中ではもっとも逆風にさらされた芸術傾向となった。そのなかで詩人たちがどのように愛国主義的な戦争文化のなかにモダニズムを位置づけようとしたか、その試みを理論的な言説と実作の双方から検討する。

戦争直後の文学者や知識人たちが直面せねばならなかったのは、動員された文化の状態をどのように解消し、戦争文化を終わらせるかという問題であった。この観点から戦争直後の文学状況を概観するのが第5章である。文化の動員解除は、さまざまなかたちをとる。本章では、政治参加した作家たちの動向、「文学」という概念の問い直し、そして世代の問題という三つの視点からこの問題にアプローチする。

最終章にあたる第6章では、それまでの議論を踏まえた上で、戦争と戦争文化が文学にもたらしたものについて考察する。言うまでもないが、大戦の影響について論じることは、本書の問題設定の枠組みをおおきく超え出る作業である。そこでこの章では、一九三四年に出版されたブリス・パランの『人間の悲惨についての試論』という一冊の書物の読解を通じて、大戦と文学史の関係について考え直すため、ひとつの視座を提示してみたい。大戦は、引き裂かれた身体や土地の表象を文学作品に多く残した。言語についての考察であるパランの書物は、表象し、コミュニケーションを行うことを可能にする言語行為に対して、戦争を境に深い不信の念が抱かれるようになったことを私たちに教えてくれるだろう。

第1章　戦争への期待
——大戦前夜の文学状況から

ボッチョーニによる「未来派の夕べ」のカリカチュア

第一次世界大戦に先立つ数年間のフランスは、「ベル・エポック（良き時代）」と呼ばれる。普仏戦争とパリ・コミューン*による内戦の痛手からようやく回復した国家が、自動車に代表される新たな産業の発達を背景に経済成長を遂げ、資源やマーケットを求めてアジアやアフリカに次々と植民地を獲得してゆく安定と発展の時代。地下鉄やバスによって都市の相貌が変化するなかで、一九〇〇年には万国博覧会が開かれ、その数年後にはロシア・バレエ団*が一世を風靡するパリが、「近代《モデルニテ》の首都」、あるいは「芸術の都」として国際的な地位を享受していた時代。「ベル・エポック」という言葉には、こうした進歩と発展に対する信仰と、爛熟したブルジョワ文化やコスモポリタンな空気によって彩られた、楽天的で華やかなイメージがつきまとう。世紀はじめのパリに訪れ、そこに「永遠の青春の都」を見出したシュテファン・ツヴァイクが述べているように、それを、「昨日の世界」、すなわち一九世紀の延長上に位置する世界であると言ってもよいだろう。大戦が文字通り吹き飛ばしたのは、この世界である。

とはいえ「ベル・エポック」という言葉が、当時の人々によって口にされたものではなく、大戦後の荒廃した世界に生きていた人々によって、「あのときは良かった」という郷愁とともに作り出されたことを忘れてはならない。二〇世紀はじめの十数年間は、決して「良き時代」という言葉が連想させるようなバラ色一色の時代ではなかった。モロッコでの権益をめぐるドイツとの衝突や、バルカン戦争*による国際情勢の緊張を直接のきっかけとしてナショナリズムの

普仏戦争とパリ・コミューン
一八七〇～一八七一年にかけて行われたフランスとプロイセン間の戦争。一八七〇年九月のスダンの戦いでナポレオン三世が降伏したことから、フランスでは第二帝政が崩壊、それに代わって成立した臨時国防政府によって戦争が継続されたが、新政府によって率いられたフランス軍もプロイセン軍の前には歯が立たず、数ヵ月の後に降伏した。この結果、アルザス・ロレーヌ地方がドイツに割譲されることになり、「対独報復」の感情をフランス人に抱かせた。パリ・コミューンは、プロイセンとの講和を欲する国防政府に対して、徹底抗戦を要求するパリ民衆の蜂起によって成立した革命政府である。史上初の労働者を中心に構成された政府であったが、プロシア軍の援助を受けた政府軍の前に、わずか七二日で崩壊した。

ロシア・バレエ団
セルゲイ・ディアギレフが創設したバレエ団。一九〇九年の初演以来、伝説的なダンサーであ

気運が高まり、アクション・フランセーズ*を中心とする反ドイツ、反ユダヤ論調が最高潮に達したのもこの時期であれば、アナーキスト活動家であったジュール・ボノが、「ボノ団」を率いて銀行襲撃など数々の犯罪行為を繰り返していたのもこの時期である。また、ドレフュス事件の後遺症が、とりわけ知識人の世界では依然として感じられていたことも付け加えておかねばならない。ベル・エポックとは、大戦の勃発によって爆発することになる社会不安が充満しつつある時代でもあったのである。

次章で詳しく見るように、大戦はいささか唐突にやって来て、あっという間に人々の精神を戦時体制の下に組織した。しかしこうして一夜のうちに戦争文化と呼ぶことができるものが形成されるためには、大戦以前の文化の中にその要素が潜在的になければならない。本章では、楽天主義と不安感が入り混じったこの時代に芽生え、広範囲に広がっていたひとつの思想を、当時の文学状況に即して素描する。それは、人間は生まれ変わり、文化と精神は「浄化」されなければならない、そのためには、戦争という試練が必要であるという思想である。

1　美しき戦争——アガトン「今日の若者たち」

大戦前の精神状況を示すものとしてしばしば取り上げられるのが、一九一〇

るニジンスキーらを中心として革新的な舞台を作り続け、センセーションを巻き起こした。

バルカン戦争　一九一二～一九一三年にかけて起きた戦争。オスマン・トルコに対してセルビア、モンテネグロ、ギリシャ、ブルガリアからなるバルカン同盟が勝利した第一次バルカン戦争（一九一二年一〇月～一九一三年五月）と、戦後処理をめぐる紛糾からブルガリアがギリシャとセルビアに侵攻し、その後バルカン諸国すべてを敵にまわして戦った第二次バルカン戦争（一九一三年六月～一九一三年八月）がある。

アクション・フランセーズ　ドレフュス事件をきっかけに設立された極右団体。シャルル・モーラスを指導者として、反共和政、王政復古、カトリック教会の護持を軸とする強力な愛国主義を主張した。秩序回復の一環として、ロマン主義を断罪し、古典復興の運動を推進したことは、大戦前後の文学史を考える上で無視できない点である。大

年前後に一八歳から二五歳の年齢を迎えていた青年の気質や傾向について雑誌や新聞等でさかんに行われたアンケートである。『ルヴュ・デ・フランセ』の「我々の子供たち、彼らはなにを夢見ているのか」を皮切りに、当世の若者、とりわけブルジョワジーの学生が何を考え、何を望んでいるのかを明らかにしようとする試みが、一九一二年から一九一三年にかけて矢継ぎ早に行われた。なかでももっとも有名なのが、アンリ・マシスとアルフレッド・ド・タルドがアガトンという筆名を使って行った「今日の若者たち」（一九一三年）である。

これらのアンケートがこぞって示すのは、一種の世代間対立だ。前の世代の知識人たちがエルネスト・ルナンやオーギュスト・コントの分析的、実証主義的思考によって、ペシミズムとディレッタンティズム、懐疑主義に陥ったのだとしたら、若者は直観と生命力を重んじるアンリ・ベルクソンや、知性主義の桎梏から自我を解放することを唱道した後、その自我を土地と伝統に「根付かせる」ことを説いて愛国主義作家のリーダーとなったモーリス・バレス*（図1）を師と仰ぎ、反知性主義と行動の美徳を称揚してスポーツを好む▼。前の世代がドレフュス事件を通じて理念的な人道主義と社会主義を発揮したのだとしたら、若者は政治的には現実主義の立場を取って、権威と秩序に基づく政治を渇望する。また、前の世代が反教権主義に加担したのだとしたら、若者はカトリックへ回帰する。こうして父親世代の「左派で世俗主義を信奉し、行動には向かないデカダン」というイメージと対立して、「健康で快活、行動的で宗教的な愛

戦中は神聖同盟を擁護したアクション・フランセーズとモーラスの影響力は、第一次世界大戦後に頂点に達した。

モーリス・バレス
一八六二〜一九二三年。フランスの作家、政治家。『自我礼拝』三部作で、道徳的、社会的な個人主義を標榜した後、「自我」を社会に根付かせる必要を感じて愛国主義を表明するようになった。『国民的活力の小説』三部作は、そのあらわれ。戦前から軍隊の護持と対独報復を主張していた彼は、大戦勃発後は好戦的な愛国主義を象徴する知識人となったが、一方で『精霊の息吹く丘』に代表される美しい散文を残し、政治的立場を異にする人々にもその影響を及ぼした。

国者」という若者像が浮かびあがるのであった。

実際のところ、この若者像が必ずしも当時の若者全体の姿を現したものでもなければ、ブルジョワ学生すべてにあてはまるものでもないことは、すでに多くの研究によって明らかにされている通りである。これは、国際的な緊張や出生率の低下などに悩むフランスの恐怖心に裏打ちされた当時の社会状況の中で、メディアを通じて醸成されたひとつの神話、言いかえれば、次世代への期待の結晶なのであった。

神話であったからこそ、というべきだろう。小説家たちもこの風潮に素早く反応した。ロジェ・マルタン＝デュ＝ガールは、『ジャン・バロワ』（一九一三年）でこの対立を描いている。ドレフュス事件に際して再審請求派として活躍し、現在は『種蒔く人』誌の主幹におさまっている主人公ジャン・バロワは、ある日二人の若者の訪問を受ける。グレンヌヴィルとティエと名乗るこの二人の学生（マシスとタルドがモデル）は、バロワと議論をするために来たのであった。彼らは、抽象的な議論に耽って無気力な「先生の世代」の人々が、ドイツの脅威にさらされている現在のフランスにとっては唾棄すべき存在であると非難し、それに対して自分たちは、生きることと不可分の思想を欲し、「活動的生活」において夢中になれることを求めていると主張する。その拠り所、つまり行動の規範を与えてくれるのが、二千年の試練に耐えた力と経験を誇るカトリシズムだというわけだ。結局、彼らとバロワは互いに分かり合えないことを

図1　モーリス・バレス

▼イギリス発のスポーツブームは、ベル・エポック以来フランスにも広がっていた。クーベルタンの提唱で、第一回近代オリンピックがアテネで開かれたのが一八九六年。四年後の第二回大会はパリで開催されている。ちなみに一九一二年には芸術競技部門が設立され、スポーツをテーマとした文学や音楽、絵画も「競技」の対象となった。

確認し、苦い思いを抱いて別れる。

同年に出版されたエルネスト・プシカリ（図2）の『武器の呼びかけ』もまた、同じテーマを扱った小説である。しかし一八八三年に生まれ、文献学者ジャン・プシカリの息子にして実証主義哲学者エルネスト・ルナンの孫という「今日の若者」の典型とでもいうべきプシカリは、マルタン＝デュ＝ガールとは逆に、若者世代の立場から世代間対立を描いた。彼の主人公モーリス・ヴァンサンは、地方の学校教師で、平和主義と世俗主義を奉ずる父と決別して植民地軍に入隊し、規律や厳格さといった軍人の美徳を体現するティモテー・ナンジェ大尉と出会うことで、「真の」人格形成を行うのである。

モーリスの軌跡が示しているように、ここで若者の性質のひとつとして戦争への期待が表れる。「軍と教会は妥協しない……。私たちは同じ栄光と同じ力を持っている」とナンジェに語らせるプシカリの戦争観は、宗教的な「神秘」を軍隊にも見出そうとするもので観念的かつ美的であり、それゆえ戦争待望論へと直結する。再びナンジェの言葉を引こう。「私は戦争に思いをはせた、純化してくれるはずの戦争、聖なるものであるはずの戦争、私たちの病んだ心に優しいものであるはずの戦争のことだ。」現在の病に対する戦争の健康。戦争は、破壊的手段というよりは、美的かつ倫理的な対象になっている。

ところでこのような戦争に対する憧憬は、アガトンのアンケートでも強調されていた。以下の言葉は、『武器の呼びかけ』のなかに見出されてもおかしく

図2　エルネスト・プシカリ

はない。

戦争！　この語は突如としてその威光を取り戻した。これは若く真新しい語で、永遠の好戦的本能が、人間の心に甦らせた魅惑に彩られている。彼ら若者たちは、自分たちが夢中になってはいるが、日常生活では禁じられている美の全体を、この語に賦与した。彼らの目には、戦争はとりわけもっとも高貴な人間的美徳、彼らが至高のものと見なす美徳が発揮される機会である。すなわち活力、統御、そして我々を凌駕する大義への犠牲。

危険と隣り合わせであるがゆえに非日常かつ神秘的な行動を可能にする手段として、ヒロイズムとともに戦争を観念的に捉える言説があったことを、これらの言葉からうかがい知ることができるだろう。しかし忘れてならないのは、大戦でもっとも痛手を被ることになるのがこの世代の若者たちであるという事実である。ロマンティックな戦争観を抱いて戦地に向かった彼らの多くは、そのまま帰らぬ人となった。

2　戦争としての芸術――アポリネール、マリネッティ、カニュード

大戦とモダニズムの関係を論じた『春の祭典』の著者モードリス・エクスタ

インズは、大戦とそれに続く二〇世紀の文化を予告する作品として、ストラヴィンスキーが作曲し、ディアギレフ率いるロシア・バレエ団が演じた《春の祭典》を取り上げている。それは、パリ中の有名人を集めて一九一三年五月にシャンゼリゼ劇場で初演されたこの作品が、その斬新さゆえにスキャンダルを巻き起こしたからというだけではない。作品を通底する復活のモチーフが、それから間もなくして始まる大量殺戮とそこから生まれる新しい文化の予兆であると考えたからでもある。エクスタインズが言うように、「死と再生」という言葉で語りうるような、ひとつの時代に暴力的に終わりを告げ、新たな世界を招来する感性を、この時期のモダニズム芸術は持っていた。

アポリネールが『アルコール』（一九一三年）の冒頭に置いた長篇詩、「地帯」は、そのもっとも有名な例だろう。詩は次のように始まる。

　ついにおまえはこの古い世界に飽き飽きしてしまった

羊飼いの娘　おおエッフェル塔　今朝橋の群れはめえと鳴く

おまえはギリシャ・ローマの古代に生きるのが嫌になったのだ

ここでは自動車ですら古くさく見える

宗教だけが真新しい　宗教
は飛行場の格納庫のように単純なままだ
ヨーロッパで古くないのはおまえだけだ　おおキリスト教よ
もっともモダンなヨーロッパ人　それはピウス十世あなたです
……

詩人は古い世界への決別を宣言し、エッフェル塔のそびえる近代都市パリとギリシャ・ローマを対比する。新しさへの志向は、句読点を一切用いない表現、シンタクスの分断、そして自由韻律という表現の面にも現れている。だがアポリネールはその後すぐに、当時の最先端技術である自動車すら「古い」と断じ、逆に、伝統の権化であるかのようなキリスト教と教皇を「モダン」の極致と位置づける。この一見矛盾した構成は、古典主義復古の運動、カトリック回帰の潮流、自動車を通じて機械と速度の美を謳った未来派など、当時の精神的変化を象徴する現象に対する詩人なりの目配せだろう。

いずれにせよ両義性をはらんだまま詩は展開し、新しさと伝統がともに歩むかのように、昇天するキリストと飛行機のイメージが重ね合わせられる。その後、昼から夜へと時間は流れ、詩人の分身と考えられる「おまえ」は、パリの町を、同時に世界の都市を彷徨し、翌日の明け方、「オセアニアとギニアのフェティッシュ」に囲まれて眠るために家路につく。それに続いて現れるのが、よく知られた末尾の句である。

さらば　さらば
太陽　首　切られ

この謎めいた詩句に一義的な解釈を与えることはもちろんできないが、ここではこれを、アポリネールによる「死と再生」の儀式として読み解いてみたい。すなわち詩人は、朝の陽光から血を連想し、そこから、首を切られた太陽が、血を噴き出しながら新たな時代の始まりを告げているというイメージを結実させたのではないだろうか。

「地帯」にあっては祭祀的なイメージにとどまっている「死と再生」のモチーフは、未来派の提唱者マリネッティによって、機械と戦争のモチーフにはっきりと結びつけられることになる。

マリネッティが『フィガロ』紙に最初の「未来派宣言」を発表するのは、一九〇九年二月二〇日のことである。速度と機械の美を謳うことで二〇世紀的なアヴァンギャルド美学を提示したテクストとして名高いこの宣言であるが、まずここでは、宣言本文の前にある前文に着目したい。というのも、田之倉稔が『イタリアのアヴァン・ギャルド』（一九八一年）で論じているように、マリネッティの実体験をもとにしたエピソードが物語られると同時に、後に続く宣言本文が発せられる発話の状況を設定するこのテクストでは、一種の通過儀礼が問題となっているからだ。言い換えると、マリネッティは、これから立ち上げようとする運動の綱領を発するにあたって、これに「死と再生」のドラマという演出を施しているのである。

そのエピソードは、夜を徹して文学談義をしていた「私」と友人たちが、突然聞こえてきた路面電車の騒音によって引き起こされた沈黙をきっかけに、旅立ちの欲望に駆られるという情景にはじまる。こうして自動車に乗り込んで勇ましく出発した「私」であったが、▼この旅は、不意に現れた自転車をトップスピードのままよけようとして道路脇の溝に落ち、自動車もろとも泥だらけになって引き上げられるという滑稽な結末を迎える（図３）。とはいえ「私」はそれを嘆いたりはしない。「おお泥水の半分たまった母なる溝！　工場の溝！　スーダン人乳母の聖なる黒い乳房を思い出させる栄養豊かな泥を、私は口いっぱいに味わった！」と、半ば諧謔を込め、自己をパロディ化しつつも、泥土と乳という生命を育む母＝大地のイメージを喚起することでこの失敗を再生のドラマに転じさせる。そしてその勢いで、集まってきた人々の非難に囲まれながら、「この地上のあらゆる生きている人々」（強調原文）に向かって、いまから「私

図３　自動車に乗るマリネッティ

▼彼は自動車を棺桶に、ハンドルをギロチンに見立てて死の演出を行っている。

たちの最初の意図」を述べよう、と締めくくるのである。それに続くのが、未来派の綱領となる一一項目の宣言である。

なぜマリネッティは、未来派的な機械美の粋である自動車を泥だらけにしなければならなかったのだろうか。それは単に自分の体験談を語るためだけではなかったはずだ。当時、自動車は高級品であり、一般的な生活水準の大衆の手に届くようなものではなかった。一九〇七年にスタートしたモーリス・ルブランの「怪盗紳士ルパン」シリーズには、主人公が快速で自動車を走らせるシーンが見られるが、これなどはベル・エポック期における自動車が、スポーティヴで贅沢な一種の芸術品としてのイメージを担っていたことを示している。こうした時代状況を鑑みると、マリネッティは、自動車が帯びていたこのようなイメージにも「泥を塗る」ことで、自分とともに自動車にも新たな生を与えようとしたのではないかと思えてくる。

では、このようにして自動車に託されたものはなんだろうか。それはまさしく「芸術」概念への挑戦である。よく知られた宣言の第四項をみてみよう。

> 我々は世界の壮麗さが、新たな美によってまたひとつ豊かになったことを宣言しよう。つまり速度の美である。爆発する呼吸を轟かせ、蛇のような太い管で飾り立てられたトランクをもつレーシングカー……。雄叫びを上げ、一斉射撃の上を走るかのような自動車は、「サモトラケのニケ」よりも美しい。

同じ宣言に見られる「我々は美術館を、図書館を破壊したい」という行とあわせて、過去の知的・文化的遺産からの決別を表明したものとして知られるこの一節であるが、ここで強調されている自動車の「美」について、未来派研究の第一人者であるジョヴァンニ・リスタは、「マリネッティのうなりを上げる自動車は、伝統が我々に伝える美学モデルへの拒絶と、行動規則の乗り越えにいたらせることによって、芸術と生の間に位置するのである」と述べている。分かりやすく言えばこういうことになるだろう。マリネッティは、同時代に産業や機械の美を讃美した人々と異なり、自動車を鑑賞の対象としての芸術作品としてではなく、むしろそのような意味での芸術作品という概念そのものを破壊する装置としてとらえており、それによって芸術と生を行動のうちに一体化することを試みたのである。

同時に未来派は、アジテーションによって社会に働きかけるという政治運動の原理を芸術に持ち込んだ。これは未来派にとって、芸術的行為と政治的行為が不可分であり、闘争という行為において両者が合流することを意味している。「文学はこれまで、物思いにふける不動性、恍惚と眠りを讃美してきた。我々は攻撃的な運動、熱狂的な不眠、体操の歩調、危険な跳躍、平手打ちと拳の一発を称揚したい」（第二項）、あるいは、「美はもはや闘争の中にしか存在しない。攻撃的性格を持たぬ傑作などはないのだ。詩は未知の力に対し、人間の前に身を横たえるよう命じるための暴力的な襲撃でなければならない」（第七項）といった宣言の文言はそれを示している。

また、一九一一年にマリネッティが出版した理論の書『未来派』の第一章は「最初の戦い」と題され、最初の宣言以来未来派が引き起こしたスキャンダルの数々が振り返られているのであるが、そこでは警察の介入すらしばしば言及される政治集会めいた未来派のイベントを通じて、マリネッティとその仲間たちが、旧態依然としたアカデミズムをはじめとする敵たちに対し「勝利」を重ね、勢力を広げていったことが得意げに語られている。それだけではない。彼らは三国同盟*に反対し、「オーストリアを打倒せよ！」と叫んでナショナリズムをあおることで、芸術イベントと政治イベントの境界を無化しているのである。

このようなマリネッティの戦闘的な態度は、彼独自の美意識に根ざしている。それが端的に表れるのが、宣言の第九項である。

> 我々は讃えたい。戦争——世界の唯一の衛生法——、軍国主義、愛国主義、アナーキストの破壊的身振り、人殺しを行う美しき「観念」、そして女性蔑視を。

マリネッティにとって戦争は、その後にやってくるはずの「より良い世界」への手段や必要悪ではない。それ自体が美的かつ倫理的な対象であり、世俗的な政治を超越したひとつの「観念」である。機械とともに加速度的に進化し、

三国同盟
一八八二年に締結されたドイツ、オーストリア・ハンガリー、イタリア間の秘密防御同盟。イギリス、フランス、ロシアの間に結ばれた三国協商とならんで、第一次世界大戦を誘発する国際的な緊張の原因となった。チュニジアを占領したフランスに反感を抱いてドイツ、オーストリア・ハンガリーに接近したイタリアであったが、オーストリアとのあいだに領土問題を抱えていたことから、次第に三国協商側に近づき、大戦勃発時には中立を宣言、一九一五年には連合軍側について参戦した。

恋愛や感傷を捨てた非人間性を実現する人間、そして純粋なエネルギーとしての若さ、こうした理念を実現するのが、この「世界の唯一の衛生法」である。戦争への期待は、マリネッティの未来派において、「戦争のための戦争」という審美主義となった。

それゆえ一九一四年八月に始まった大戦は、未来派にとって美が現実になってしまった出来事となる。この年の一一月二九日に出された「この未来派的な年」と題された宣言で、マリネッティは、中立を決めたイタリア政府に苛立ちをあらわにし、この一大イベントに参加できないことを嘆きつつ、現在進行中の戦争を未来派の美学と重ね合わせている。

> 未来派だけが予言し、勃発する前に讃えた世界大戦のなかで、アグレッシヴでダイナミックな未来派は、その完全な実現を見た。現在の戦争は、これまで現れたことのない最高度に美しい未来派の詩である。未来派は、未来派の夕べという現象を創りだしたことによって、まさしく芸術に戦争が勃発したことを意味していた（これは非常に有効な勇気のプロパガンダだった）。未来派とは革新的芸術家の軍事化を意味していた。今日私たちは、力強く攻撃的なタブローが並ぶ未来派展に立ち会っているのであり、私たちも自作を展示するため、一刻も早くそこに入りたいものだ。（強調原文）

さて、フランス発のアヴァンギャルド運動と言えなくもない未来派は、マリネッティの祖国イタリアで大いに発展した一方▼、フランスにおいてはあまり受け入れられなかった。デコーダンはその理由を、非論理や非合理に訴える未来派の破壊衝動が、より構築的なアヴァンギャルドであるキュビスム*が支配的であったフランスの芸術風土に合わなかったためであるとしているが（アポリネールらの詩は「文学的キュビスム」と呼ばれたことを想起しよう）、それと同時に、未来派が表明していた過激なイタリアナショナリズムという政治的理由も無関係ではなかったはずである。

ナショナリズムとアヴァンギャルドの結びつきという観点から興味深いのが、アポリネール、マリネッティとならんでフランス語で書くことを選択したもうひとりのイタリア出身の作家、リッチョット・カニュードである（図4）。演劇、音楽、映画等手広い批評活動を行っていた彼は（映画を指す「第七芸術」という言葉を後に発案するのは彼である）、一九一三年二月、「フランス芸術の帝国主義機関誌」を標榜する総合芸術雑誌『モンジョワ！』を創刊する。「モンジョワ」とは、かつてフランス王の軍隊や十字軍が発した鬨《とき》の声である。このタイトルが示唆しているように、この雑誌は、愛国主義的かつ排外主義、貴族主義、さらには反ユダヤ主義の傾向があった。

とはいえ『モンジョワ！』は、いわゆる反動的な雑誌でもなければ、古典復興の潮流に棹さす雑誌でもない。反対に、新しい傾向を示すあらゆる芸術に開

▼造形芸術や音楽にもまたがる未来派の動向については、本シリーズ河本真理『葛藤する形態』、岡田暁生『「クラシック音楽」はいつ終わったのか？』を参照。

キュビスム
一九〇七年頃からピカソとブラックを中心に展開された、二〇世紀初頭の芸術運動。さまざまな角度から見られた物の諸相を二次元的平面に収めることによって、対象を解体・再構築する造形が試みられた。文学者への影響も強く、アンドレ・サルモンやギヨーム・アポリネールらモダニズムを代表する作家によって、キュビスムについての美学的考察がなされた。

かれた雑誌であった。たとえばストラヴィンスキーは「私が《春の祭典》で表現したかったこと」という文章を寄せて、スキャンダルを起こした自作について解説し、フェルナン・レジェをはじめとするキュビスムの画家や理論家たちは、印象派からキュビスムにいたるフランス絵画の実験的な側面についての知的な議論を展開している。さらに絵画における新傾向の代弁者であったアポリネールも、画家やサロンの動向についての記事を寄稿して、現代の画家たちの宇宙的なヴィジョンについて論じ、ピカソを「新しい人間、世界は彼の新しい表象である」（第三号）といった言葉で称賛する。

　このように、政治的には愛国主義的かつエリート主義的な戦闘的立場をとりつつ、アヴァンギャルドの芸術家自身に発言の場を与え、新しい美学を総合的に追究した『モンジョワ！』にとって、「戦争」とは、「新しい教義」を「エリート」たちに示すために、旧い体制の芸術やアカデミズム、あるいは「スノッブ」や「気取り屋」たちに対抗することであった。この意味で、カニュードの「戦争」は、一部の芸術家や知識人に対して仕掛けられた争いである。しかしながら芸術を「戦争」のメタファーで語るとは、未来派と同様、美学と倫理、そして政治を重ね合わせ、思想と行動を不可分のものとすることにつながる。芸術家には、生命の高揚、活力、意志といった新たな美的・倫理的価値に

図4　ピカソによるカニュードの肖像

基づいて世界を変革するという使命が課せられ、さらにその行動には「責任」が伴うのである。カニュードは、この「責任」が集団的に行使されなければならないと考えた。「我々の再生の意志を、束になったリクトル▼におけるように結ばねばならない」（第一号）という、ファシズムを予感させるかのような彼の戦闘的なアヴァンギャルド美学が、こうして提示されるのである。

『モンジョワ！』は、結局、戦争のどさくさに紛れて翌年には消えてしまった。今では、この雑誌も、またカニュードの名前も、文学史の上では忘れられた存在となっている。その理由は、短かった活動期間や作品の質のせいもあるだろうが、アヴァンギャルドとナショナリズムの結びつきが、共産主義に接近した戦後フランスのアヴァンギャルドによって、考えられなくなってしまった点にも求められるだろう。しかしカニュードの愛国主義的アヴァンギャルドが、「新精神」の持ち主たちを引きつける魅力を持っていたことは、戦前の精神を理解するうえで忘れてはならない点である。

▼古代ローマで高官を先導する下級官吏。

第2章　総動員体制下の文学

掲示された総動員令の前に集まる人々（Pierre Vallaud, *14-18 La Première guerre mondiale*）

1　祖国に奉仕する知識人

前章で述べたように、戦争に期待をかける空気が戦前の人々の間にはあった。とはいえそのような戦争待望論はあくまで観念的なものであって、開戦の具体的な日程が取りざたされていたわけではない。戦争勃発の数日前にいたるまで支配的だったのは、「いつかはきっと来るが、今ではない」という感情、すなわちカタストロフに対する期待あるいは宿命の観念と非現実感とが奇妙に入り交じった感情であったようである。当時の新聞は、そのような空気を伝えている。六月二八日にオーストリアの皇太子が暗殺されたいわゆるサライェヴォ事件のあとでも、紙面はカイヨー夫人の裁判*の経過にもっぱら割かれていたのであり、緊迫する国際情勢が新聞で取り上げられるようになったのは、ようやく七月末になってのことであったのである。

総動員令が出て間もない八月のある日、サン・マロに滞在中のコレットが書いている。「戦争? 先月の終わりまで、それは単なる言葉、巨大で、まどろんだ夏の新聞に並んだ言葉でしかなかった。」(『長い時』一九一七年)。彼女と同様、多くの人々にとって宣戦布告と総動員令は寝耳に水であり、戦争はいわば心の準備が整わず、なにが起きているのかを把握する間もないうちにはじまってしまったのであった。マルセル・マルティネは、ジャン＝リシャール・ブロック

カイヨー夫人の裁判
財務大臣ジョゼフ・カイヨー夫人、アンリエットが起こした殺人事件に対する裁判。七月二二日から二九日にかけて行われた。一九一三年に財務大臣となった急進党議員のカイヨーは、所得税導入と平和主義を表明したが、『フィガロ』紙主幹のガストン・カルメットは、これに反発して激しい反カイヨーの論陣を張り、彼のスキャンダルを暴き立てた。一九一四年三月一六日、カルメットとの面会を取り付けたカイヨー夫人はその場で発砲、カルメットを死に致らしめた。

に宛てた七月二九日付の手紙で、戦争の到来を感じながらもどうしてよいか分からないパリジャンたちの様子を、社会主義者らしく平和運動が決定的に挫折しかけていることに忸怩たる思いをにじませながら、次のように書いている。「今この時、パリ全体は待っている。売店の回りにはどこも人だかりだ。そしてほとんどの人は諦めた様子で、戦争が起こるだろうかと考えているんだよ。彼らには、戦争など起こらないと敢えて主張するつもりはないのさ。……実際に戦争が起きる前からこうして諦めてしまっているのが、今のもっとも驚くべき特徴だ。受け身の態度、想像力の欠如、追従の習慣。」

総動員令布告に続く数日のあいだの人々の反応はどうだっただろうか。地方の動員状況と人々の心理状態を綿密に調査し、大著『一九一四年——フランス人はどのようにして参戦したか』（一九七七年）にまとめたジャン＝ジャック・ベッケルは、宣戦布告の知らせと同時に国中が集団的熱狂に捉えられ、「ベルリンへ！」のかけ声とともに、男たちが嬉々として戦地に向かう列車に乗り込んだという戦時中に語られた物語も、一九二〇年代から一九三〇年代にかけて高まった反戦運動のなかで出来上がった、人々は「強制」されて嫌々戦地に赴いたのだという言説も、ともに作られた神話でしかないと退けつつ、当時の多くの人々にあって支配的だった精神状態は、「茫然自失から義務感の発動による決意」という変化であったと述べている。この義務感の裏付けとなったのが、「フランスは平和を望んでいたにもかかわらず、軍国主義を背景に勢力拡張の欲望に駆られたドイツが我々を攻撃した。だから国を守らなければならない」という意識である。前年に導入された三年法*をめぐって、社会主義者やアナーキストたちの猛烈な反対運動があったことから、軍当局は脱走や反乱を懸念していたのであったが、ふたを開けてみればそのような行為に訴えた人の数は非常に少なかった。「我々が始めた戦争ではない」という意識、自由と民主主義を掲げる共和国の理念を守るという愛国主義が、好戦的態度をとらなかった人々にも戦争の事実を受け入れさせ、彼らを粛々と戦地へと赴かせたのである。

一方、作家や芸術家、よりひろく知識人たちも、開戦当初はほぼ一様に戦争を受け入れた。いやむしろ、開戦の知らせに熱狂したのは彼らであったと言うべきだろう。知識人のなかには、動員され、あるいは志願して前線で実際に戦った者がもちろん数多くいる。しかし年齢や身体的条件などによって戦地に赴くことができずに、愛国者としての義務を果たすため、自分たちが携わる芸術的、あるいは知的活動を通じて「戦争」を行うことを決めた者の数もまた多かったのである。既に述べたように、第一次世界大戦が「総力戦」であったということの意味の一端は、ここに求められなければならない。すなわち、この戦争は人員や産業だけでなく、文化もまた動員して国民を精神的に戦争に備えさせたのである。「ブラージュ・ド・クラーヌ（「頭に詰め込む」の意）」という言葉を生み出したほどのはげしいプロパガンダ――それは「高級な」芸術作品から子供向けの玩具にいたるまで広がっている（図5）――によって動員された

三年法
バルカン戦争による国際状況の緊張とドイツの脅威を背景として、一九一三年に可決された法律。これによって、兵役が二年から三年に延長された。

文化が、どのような空気を作り出していたかについては、開戦と同時に休刊した文芸誌『メルキュール・ド・フランス』が約八ヵ月後に再刊された際、レミー・ド・グールモンが述べた次の言葉が参考になる。

『メルキュール』は、戦争を準備するというよりは、精神の無私無欲な作品により注意を払っていた雑誌であった。この雑誌は戦闘的になって目覚めた。だがそこに意図的な選択はほとんどない。それが戦闘的なのはフランス全体が戦闘的であり雑誌もフランスの一部であるからだ。今日、その他の感情が存在する余地ははっきり言ってない……（『嵐のあいだ』一九一五年）

グールモンの言葉が示しているように、このような挙国一致体制のなかでは、「今は芸術どころではない」という空気が支配的となって、作家たちの態度にも影響した。

以前から愛国主義を標榜していた作家たちが自らの信念をより深く確信したことについては言うまでもない。彼らの中には、戦闘開始とほぼ同時に戦地で命を落としたシャルル・

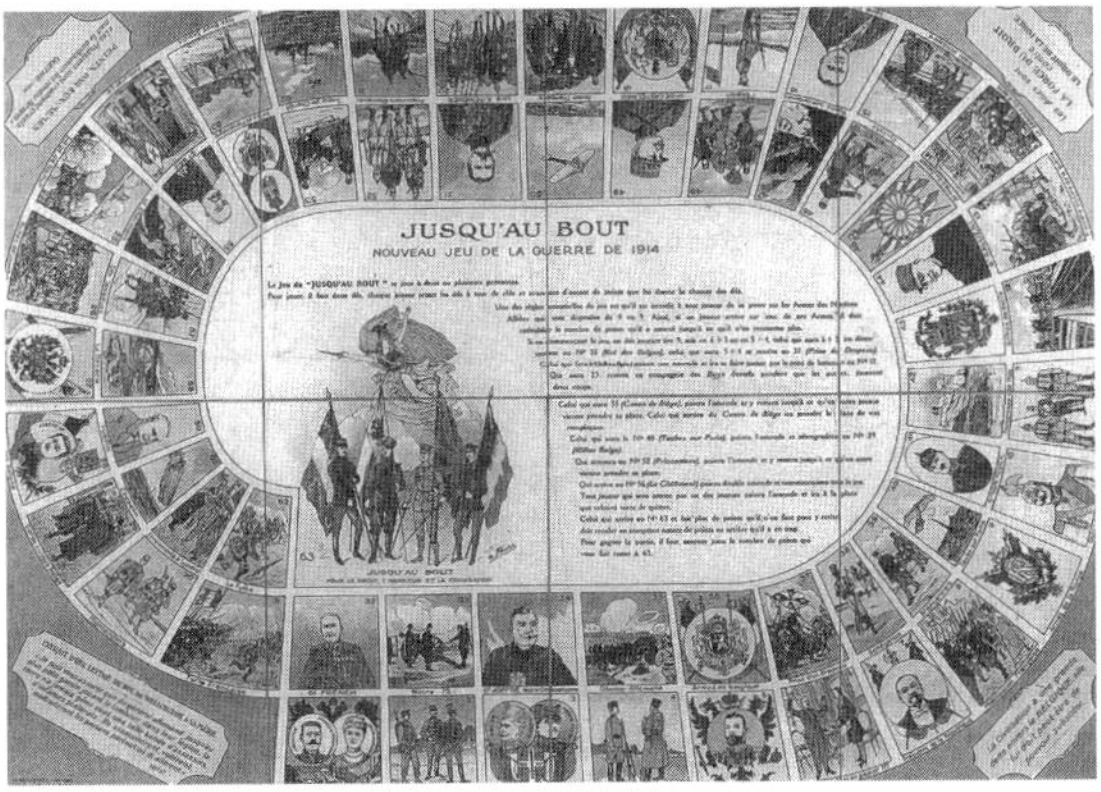

図5　戦争双六。中心には遊び方とともに「権利と名誉と文明のため、徹底的に」と書かれている。(Stéphane Audoin-Rouzeau, *La Guerre des enfants*)

ペギーやエルネスト・プシカリがいる。また当時五〇歳を過ぎていたモーリス・バレスは、さすがに軍務に就くことこそなかったが、『エコー・ド・パリ』紙に、愛国的な記事を毎日書く義務を自らに課す。八月四日、彼は神聖同盟《ユニオン・サクレ》*の成立を感極まった調子で伝え、ドレフュス事件以来ふたつの陣営に分断されていたフランスが、再び一体となって外敵に立ち向かうことを喜んだ。バレスはオピニオン・リーダーとしての役割を、四年間果たし続けた。彼が大戦中に書きつづった記事は、後に、全一四巻という大部の『大戦時評』として出版されることになるだろう。また、外交官であったポール・クローデルは、講演旅行をしてフランスの大義を宣伝し、カトリック色の濃い戦争詩を発表している。

フランスのヒロイズムと愛国主義の喧伝の裏側には、当然のことながら、暴力的で軍事力の拡張にあけくれていると見なされていたドイツに対する敵意の表明がある。この「野蛮なドイツ」という文句は紋切り型となって、必ずしも好戦的ではない人々によっても口にされ、戦争を正当化する言説となった。たとえば産業化される都市とそこに住まう人々を力強くうたった詩集『触手を伸ばす都市』（一八九五年）の著者で、社会主義に共感を抱く作家たちからも師と仰がれていたエミール・ヴェラーレン（図6）。既に老年にさしかかっていたこのベルギー出身のフランス語詩人は、ドイツによるベルギー侵攻に激しく憤り、一九一五年に『血に染まったベルギー』というエッセイを著して、平和で豊かな文化を誇っていた彼の祖国が、「アジア的」で「文明化され得ない」人民に蹂

神聖同盟（ユニオン・サクレ）　ヴィヴィアニ首相によって八月四日に読み上げられた、ポワンカレ大統領のメッセージに含まれていた言葉。当初は国内で繰り広げられていた党派間の対立を一時停止し、一致団結して外敵に向かうための呼びかけとして受け止められたが、その後愛国主義を象徴する言葉として定着した。

図6　エミール・ヴェラーレン

蹂躙されたことを嘆いたのであった。結局彼は戦争の結末を見ることなく、翌年世を去ることになる。

フランスのために出兵した外国出身の作家もいる。イタリア出身で、母方の出自であるポーランド系ロシアの国籍を有していたアポリネールは、一九一四年一二月に志願すると同時にフランスへの帰化を申請した。また、『モンジョワ！』のカニュードは、スイス出身のサンドラールらとともに、「フランスの友人である外国人たち、フランスに滞留している間に、第二の祖国としてこの国を愛し、慈しむことを学んだ者たちは、フランスに手をさしのべる絶対的な必要を感じている」と書いた居留外国人向けアピールを開戦直後に発表し、自分たちも外人部隊に入隊して戦った。アポリネールを中心とする前衛作家たちの戦争協力については、第4章で詳しく見ることにしよう。

熱狂的な戦争文化からは距離をとって、愛国心を独自のかたちで表明したのがポール・ヴァレリーである（図7）。家族を疎開させひとり残ったパリで、膠着状態にある戦況の知らせを毎日悲痛な思いで聞いていた彼は、なんとかして祖国に貢献したいと考えていた。だが兵役に就くにはすでに年を取りすぎている。そこで彼は、長期にわたる詩的沈黙の後で、一九一二年から取り組みはじめていた作品に愛国心を注ぐことを決めた。とはいえそれは、いわゆる戦争詩を書くこととは何の関係もない。彼がなしたのは、詩を通じて危機に瀕したフランス語の彫琢に打ち込むことである。後に友人のアルベール・モッケルに宛

図7　ポール・ヴァレリー

てて送った手紙の中で、彼は次のように回想している。「ときには、自分はわが国土のために戦ってはいないのだから、せめてわが言語のために骨を折らねばならぬと自分に信じ込ませようと試みて自負していたものです。〈奇怪な言語《シャラビア》の大洋〉の荒波打ち寄せる海岸に、この上なく純粋な単語とこの上なく高貴な形式とからなる、小さな、おそらくは葬いの記念碑を――日付もない小さな墓碑を――打ち立てねばならぬと……」（清水徹『ヴァレリー』に引用）。

こうして一九一七年に完成したのが『若きパルク』である。厳密な形式美に貫かれ、一見、戦争という現実をまったく感じさせないこの作品であるが、中井久夫の発見として清水が伝えるところによれば、その制作過程にはヴェルダンの戦い*が色濃く反映しているという。当初ヴァレリーは、この詩の最後のために、半狂乱の状態に陥った主人公のパルクが自死するという場面を想像していた。しかしながら一九一六年の夏から冬にかけて繰り広げられた消耗戦のすえ、はじめのうちは優勢だったドイツ軍の攻撃を持ちこたえたフランス軍が、最終的には失われた土地を回復することで戦闘を終えると、それを祝うかのように、詩人は当初の構想に代え、パルクが海辺で日の出を迎えるという場面を置いたのである。

ヴェルダンの戦い
一九一六年二月二一日〜一二月一八日にかけて、フランス北東部ヴェルダン地方で行われた戦闘。当初ファルケンハイン将軍率いるドイツ軍が仕掛ける猛攻撃を、ペタン将軍指揮下のフランス軍が防御するという構図をとっていた戦局は、夏頃から次第に逆転し、一〇月にはフランス軍が反撃を開始、最終的には当初ドイツ軍に奪われた一帯を回復して終わった。大量の重火器を投入したことによる激しい戦闘、両軍あわせて七〇万人にのぼる死傷者の数（死傷者数については諸説ある）、そしてその消耗戦のなかで兵士たちが経験した苦しみの大きさゆえに、ヴェルダンの戦いはフランス人にとって大戦の苛酷さを示す象徴となった。

2　社会主義作家の参戦――ジャン＝リシャール・ブロックの場合

さて、このような作家の動員のなかでも特筆すべきなのが、社会主義に賛同し、開戦前にはゼネストも視野に入れた国際的共闘による反戦平和の立場をとっていた作家たちまでもが、神聖同盟に呼応してこの戦争を受け入れたことである。マルタン＝デュ＝ガールは、『チボー家の人々』（一九二二～一九四〇年）で、開戦とともに第二インターナショナル*が瞬く間に崩壊し、ジュネーヴに集っていた各国の活動家たちが、兵士となるべくそれぞれの国に帰って行く様子を、主人公ジャック・チボーの驚きと絶望とともに描きだしている。ジェームズ・ジョルによれば、一方で同時ゼネストに代表される国際的な反戦運動が、かけ声だけで実質を伴わなかったこと、他方で社会主義者の多くが国民社会の内部に取り込まれていたことが、このような「転身」を可能にさせた条件であるが、いずれにせよ事実は、反戦運動が展開されるのではないかという当局の懸念をあっさりと裏切って、社会主義者の大半が、共和国を守るための戦争に賛同したのである。

ジャン＝リシャール・ブロック（図8）もまた、そのような共和主義的愛国心に突き動かされて参戦した社会主義作家である。

一八八四年、パリでユダヤ系の家系に生まれたブロックは、はやくから社会

第二インターナショナル　一八八九年から一九一四年まで活動した社会主義の国際組織。一九〇七年のシュトゥットガルト大会、一九一〇年のコペンハーゲン大会で、戦争阻止と労働者の国際的な連帯の方針を打ち出したが、大戦勃発とともに大半の社会主義者が祖国を守ることを選び、瓦解した。

図8　ジャン＝リシャール・ブロック

主義に目覚め、ジャン・ジョレス[*]やギュスターヴ・エルヴェの知己を得ていた。歴史・地理の教授資格を得た彼は、一九一〇年に、社会主義的な革命と連帯の意識を基盤とした芸術を追求する雑誌『レフォール』（後に『レフォール・リーブル』に改名）を創刊した。そのような根っからの社会主義者であったにもかかわらず、ブロックは、反戦・平和運動に与することを選んだかつての仲間たちと交わりを断ってまで、戦争が行われている間は一貫して前線に居続けることを望んだのである。

　ブロックにとって、この戦争は防衛戦争であった。彼によれば仕掛けたのは「軍国主義と汎ゲルマン主義」に燃えるドイツであり、根っからの平和主義者であったフランス人とその政府は、ドイツの挑発を受けただけであった。マルセル・マルティネに宛てた手紙には、次のような一節を読むことができる。「情熱の一般的な方向を見なくてはなりません。それは恭順といってよいほどの民主主義と平和主義なのであり、それについては繰り返す必要もありません。」

　それゆえ、フランスを守ることは民主主義と平和主義を守ることである。そのためには戦争という暴力もやむを得ない。「私たちはいつも旧体制に対する革命の戦いに臨んでいます。そうして今、もう一度、共和国と民主主義の兵士となるのです。」多くの共和国的愛国主義者がそうしたように、彼もまた、フランス革命の記憶によってこの戦争を正当化したのであった。

ジャン・ジョレス 一八八五〜一九一四年。フランスの哲学者、歴史家、政治家。雄弁によって知られ、一九〇五年に成立した社会主義諸派の統一政党（ＳＦＩＯ）のリーダーとして熱心な平和主義の運動を展開したが、総動員令が発令される前日の七月三一日に、過激な愛国主義者によって暗殺された。

それゆえ憎しみは、戦争の動機にはなり得ない。彼の敵はドイツの人民ではなく、あくまで軍国主義というドイツ的な精神である。そして平和主義を擁護するという立場から、彼は、年長の友人であるロマン・ロランのとった行動にも賛成した。スキャンダルとなった『戦乱を超えて』の発表後、彼はロランに宛てて「犬には吠えさせておけばよろしいのです」と書いて励まし、この論考を標題にしたロランの論集が出版された後では、別の友人に宛てて「フランス的見地からすると、外国人にとってこの本は、その道徳的な反響によって軍事的勝利にも等しい」と書いている。

だが戦争が長引くにつれ、マルティネをはじめとするかつての友人たちが、戦争そのものを悪として忌避する立場を表明するようになってからは、彼のこのような態度が友人たちとの距離を生じさせることになる。しかしながらブロックは、友人たちから好戦的と思われていることに苛立ち、彼らとの交流を断ってまでも、この戦争を最後までやり抜かねばならない義務であると考えることを止めなかった。

彼にこのような信念を持たせたのは、第三共和政下に生まれ育った多くのフランス人と同様、共和国の理念を我がものとし、ドイツを野蛮と見なす当時の風潮に影響されていたからというだけではない。忘れてならないのは、彼がフランスに同化したユダヤ系の家系という出自を持っていたという事情である。事実、先に述べた居留外国人と同様、ややもすれば疑いの目で見られ、排外主義の対象になりかねなかった彼らの多くは、戦争に際して生粋のフランス人よりも熱心な愛国者となり、共和国への忠誠を誓ったのである。さらにもう一点、ブロックがこの戦争を、より大きな悪を終わらせるための必要悪と位置づけていたことも指摘できる。「私は期待しています。大戦がこの巨大な錯誤の重なりを払拭し、長い間人類がそのなかで生きねばならなかったもっとも不名誉な世紀のひとつを、そのべとついた、醜悪な、しかし有益な波の中に連れ去っていってくれることを。」マルティネに宛て、このように書く彼は、大戦のなかに新しい世界の萌芽を見ていた。その意味でも、この戦争は身を賭して戦うだけの大義があったのである。

しかし戦後の世界は、ブロックが想像していたものとは違っていた。彼は戦争直後の一九一九年に『ユマニテ』紙に書いた記事のなかで、戦争に期待をかけた自らの過ちを認め、幻滅を表明している。「国民的戦争の神話を要として個人と祖国を和解させることで、個人と社会が和解すると信じたことは過ちだった。祖国は社会ではない。それは社会の縮小版やカリカチュアですらなく、別の世界観に由来するものなのだ。」この言葉はまた、彼が戦争に期待していたものが、新たな共同体の創出であったことを明らかにしている。一人の近代的な市民として、また同化したユダヤ人として、ブロックは「社会との和解」を望み、その可能性を民主主義と平和主義を体現する共和国フランスに見出した。だがその「祖国」はまた、普遍的な理念と個別的な政治体制との同一化を通じて、排外的な愛国主義の論理をも生み出していたのである。このことを理解し、祖国という観念そのものを信じなくなったブロックは、その後、共産主義運動に参加する。

3　戦争に抗する――ロマン・ロランとアラン

もちろん、このようにフランス中が臨戦体制を整えてゆくなかで、少数ながら流れに抗する者もいた。もっとも有名なのは、ロマン・ロランである（図9）。一九一四年八月、滞在先のスイスで開戦の知らせを受けたロランは、フランスに戻らずに、彼の地で赤十字戦争捕虜事務局の人道的な任務に就くかたわら、時局についての論考を『ジュルナル・ド・ジュネーヴ』紙に発表しはじめる。のちに『戦乱を超えて』の題名の下にまとめられ、一九一五年秋に刊行されることになるこれらのテクストは、ただちにアンリ・マシスら愛国主義者たちからの激しい攻撃に見舞われることになった。彼らの目に、ロランは、中立国で身を危険にさらすことなく平和と友好を唱える者であり（とはいえ四八歳で、交通事故による怪我の後遺症もあった彼が召集されることはありえなかった）、さらには、あまりに親ドイツ的であると映ったのであった。

だが、ロランのテクストを一読すれば、彼がマシスらの言うほど「反フランス」でも「親ドイツ」でもないことが理解されるだろう。中立と和解の可能性

図9　ロマン・ロラン

の模索を基本的な立場としながらも、彼の批判の矛先は、多くの場合ドイツとその知識人たちに向けられているのである。では、なぜそれにもかかわらず彼は愛国主義者からの批判の矢面にさらされることになったのだろうか。そこには和解の思想に基づく平和主義という彼の立場もさることながら、『ジャン・クリストフ』の作者の名が帯びていた象徴性も大きく関わっているように思われる。一九一三年にはアカデミー・フランセーズ大賞を得ていたロランは、一九一六年にはノーベル文学賞を授与され（ただし、一九一五年度の賞）、その名声を国際的なものとしていた。すなわち彼は、動員された文化にとって、格好の「異分子」となったのではないだろうか。

　この点を明らかにするために、『戦乱を超えて』に見られるロランの主張を要約してみよう。

（一）文化・知識人・世論。「ランスのような作品は、はるかにひとりの生命以上のものである」、あるいは、「この作品を滅ぼす者はひとりの人間を殺す以上のことをする。彼は民族のもっとも純粋な魂を殺すのだ」と述べるロランは、個人の生命よりも文化や民族精神を上位に置く文明中心主義者として振る舞っているようだ。実際、「人間を殺せ、だが作品は尊重せよ！」と叫ぶ彼の姿は、彼がまとっている人道主義者のイメージを裏切るファナティックなものにすら見えるかもしれない。しかしながらこの過激な言葉を、彼の信条告白と捉えるのは性急に過ぎる。別の箇所で彼が、おそらくは戦争捕虜事務局での経験を踏まえ、非戦闘員の捕虜がいかなる国際規約によっても保護されず、むしろ戦闘員の捕虜よりも過酷な処遇を受けている事実に対し警鐘を鳴らしていることを無視してはならない。こうした文明中心主義的な言葉は、ロランが文化と精神を体現すべき知識人（彼は「エリート」という言葉も使っている）の世界に、自らの闘争の場を定めたことを示すものとして受け取る必要があるだろう。

ロランは、この戦争が知識人の戦争であり、それが、文化や精神を賭して、「世論」という舞台で繰り広げられていることを、開戦当初から意識していた。「戦争の開始このかた、知識人たちは、いずれの陣営においても大いに活躍した。この戦争はさながら彼らの戦争だといってもよいほど、彼らは激しい熱情をそれに注いだ。」このような診断を下す彼は、実弾が飛び交う前線とは別の戦場が世論を舞台に形成されてゆくのを、ジュネーヴから注視していたのであった。「私を非難する人々への手紙」には、次のような一節が見られる。

ところが戦闘とは無関係で、少しも行動に与らずに、語ったり書いたりして、人工的でしかも激烈な興奮の中にとどまり、そのはけ口をもたない民間人たち、そういう人々は熱狂的な暴力の風にさらされている。そしてそこに危険があるのである。なんとなれば彼らは世論そのものであり、それが意見を表明できる唯一のものであるからである（その他はすべて禁じられている）。私が書くのは彼らのためであって、戦っている人のためではない（彼らは私たちを必要としない！）。

前線の兵士と「民間人」の戦争体験・戦争観の決定的なずれ。にもかかわらずあらゆる人が戦争に巻き込まれているという事態。そして世論が政府を支配するほど巨大な力をふるい、大勢に従わない個人の意見が圧殺される状況。そうした条件を見据えた上で、ロランは、「熱狂的な暴力の風」に対抗し、「ヨーロッパの世論を作り直す」ために、知識人として政治参加したのである。

（二）ドイツ精神とプロシア軍国主義の区別。右に示唆したように、平和主義を主張するロランが、当時フランスを席巻していたドイツについての偏見から完全に自由であったわけではない。彼もまた、ルーヴァンの町やランスの大聖堂を破壊するドイツを「野蛮」と誹り、「犯罪行為」や「卑劣」といった言葉を惜しげもなく発しているのである。またドイツ的文化《クルトゥーア》を擁護しつつ、理性を超越した力と精神を称え上げるトーマス・マンには「傲慢と激しい狂信の錯乱発作」という言葉を投げつけている。さらに『戦乱を超えて』の最初に彼が置いたのは、ベルギー侵攻を正当化したゲアハルト・ハウプトマンに宛てて、「あなたたちはゲーテの孫なのか、それともアッティラ▼の孫なのか」と問いただした書簡であった。このようにロランは、蛮行に荷担するドイツの知識人には良心のかけらも残ってはいないと批判しているのであり、それに対してフランスの知識人は、「土地からきた良識の基盤」を保ち続けていると評価するのである。

ただし、それに対してロランは、たとえばベルクソンがそうしたように、フ

▼五世紀に活躍したフン族の王。ドイツ人をアッティラに見立てるカリカチュアは、大戦中に流行した（図10）。

図10　ドイツ人をアッティラに見立てるカリカチュア（*A la baionnette*）

ランス的な「文明《シヴィリザシオン》」を持ち出して、ことさらに仏独の精神的相違を際だたせることをしなかった。「私はベートーヴェン、ライプニッツ、ゲーテの子である」と言い切る彼は、現在のドイツを覆い尽くしている野蛮さが、唯一プロシア軍国主義に帰せられるものであって、「ほんとうの」ドイツ、つまり「より正しい、より人間的な」ドイツ、他民族の思想を吸収し「輝かしい調和を実現」できるドイツが別にあると主張する。その意味では、人を殺して作品を救えという彼の主張は、ドイツにこそ当てはまることになるだろう。このように、ロランは、現行のドイツの政治体制と文化は悪であり、滅ぼされなければならないという立場を打ち出していた。しかしながらドイツを「宿敵」と定め、その全てをやっきになって否定しようとしていたフランスの世論のなかでは、ドイツが生み出した「作品」の価値を認め、それに対する恩義を表明することだけでも「親ドイツ」と見なされたのだろう。

さて、戦場から離れ、世論のなかで戦争に反対したのがロマン・ロランであるとしたら、世論から離れ、戦場に身を置いて戦争に抵抗したのがアランである（図11）。三年法に反対する立場を表明していたこのリセの哲学教師は、四六歳という年齢で動員の対象外であったにもかかわらず、開戦と同時に自ら志願して戦場に赴いたのであった。彼は砲兵としてロレーヌ地方のトゥールに配属され、前線では通信兵の任務に就いた。一九一六年、足を負傷し、六ヵ月を病

図11　戦場のアラン

院で過ごしたが、完治しないまま前線に復帰し、ヴェルダンの戦いを経験する。そして翌年、前線を離れて気象観測任務に就いた後に除隊となって、一〇月には教職に戻った。

反戦主義者のアランがあえて戦争に参加したのは（彼は入隊するためにいろいろな手を尽くしたようだ）、戦争を哲学の問いとして考えるためであった。諸国家間の政治的、経済的な利害の衝突や、民族間の文化的優劣をめぐる争いといった文脈を離れ、戦争を引き起こす人間の本性を洞察するために、戦争そのもののなかに入り込み、それを経験することが必要だと考えたのである。しかもその経験は、命令に従う一兵士としてのそれでなければならなかった。その理由はこうである。人間には命令する人とされる人の二種類が存在する。とりわけ戦争は、その状態をはっきりと作り出す。前者は権力のために思想的に迷走し、何でも受け入れてしまう傾向を持つのに対して、後者は精神の自由を保ち、ただ自らの行動のみによって自己を表明する。それゆえアランは、幾度か昇進の機会があったにもかかわらず、「あちら側」の人間になることを恐れてことごとくそれを拒絶したのであった。このような決断のもと、愛国心、軍隊組織の論理、恐怖を前にした兵隊の心理、軍隊の美的側面等々について、戦争中にひとりの兵士としてなしえた考察を、彼は、戦後間もない一九二一年に『マルスあるいは裁かれた戦争』として発表することになる。だが、彼が出征したもうひとつの、おそらくはより重要な理由は、集団的ヒステリーに侵された世論から離れることであった。

事実、アランにとっての真の敵、すなわち戦争の本性は、精神、つまり人が自ら考える能力を隷属状態に置く集団的な情念であり、そうした情念に自分も流されつつそれを利用する人間たちである。『マルス』で繰り返されているのは、そのような情念が悲劇的な宿命論に変じて戦争を生じさせ、またそれを継続させ、より激しくするという主張である。アランによれば、国同士の利害の反目から怒りや憎しみなどの情念がうまれるのではない。その逆である。情念こそが利害の不一致を利用して、人民を戦争に駆り立てるのだ。そして世論とは、言説のかたちをとった集団的情念に他ならない。

だがこの集団的情熱に対抗するために、アランはロランのように直接的にそれに働きかけようとはしなかった。逆に、そこから逃げ、沈黙することで孤独を貫くという戦略をとったのである。戦争中彼が出版した唯一の書物が、感覚や時空間の観念などについての高度に抽象的な考察であり、作者自身が哲学の概説書と呼ぶ『精神と情念についての八一章』（一九一七年）であったことは、戦争文化に意図的に背を向けるアランの態度のあらわれと考えることができるだろう。

だが動員された文化に背を向けて書くとは、戦争を直接取り扱わずに、作品を戦争に対峙させることである。それゆえ彼が戦争中に書いていた『芸術の体系』（一九二〇年）を読めば、芸術家の強い精神が外界の素材と出会い、それに

「形式」を刻み込んだ作品、アラン自身の言葉で言えば、「外界に完成された物として存在する作品」が称揚される一方、情念や無節操な霊感、想像力といった「不定形なもの」が、一貫して批判されていることに気がつかされるはずだ。これは周知のようにアランの芸術論の基本的なスタンスであるのだが、それと同時に、芸術論というかたちをとった戦争論でもある。また『八一章』に、「この本全体が戦争に関するひとつの思索にすぎない」という言葉を見出しても驚くことはないだろう。ここでもまた、情念が暴力と結びつけられて考察され、宿命論が攻撃されているからである。アランは、戦争に参加しながら政治には参加しないという選択をすることによって、「孤独な精神」を得た。戦争の理想と現実について彼がなしたきわめて冷徹な分析は、そのような距離によってはじめて成立したものであった。

第3章　戦争を書く
――アンリ・バルビュス『砲火』をめぐって

オットー・ディクス《フランドル（アンリ・バルビュスの『砲火』にちなんで）》1934～1936年

大戦中に大きな人気を博し、また多く書かれた文学は、戦場を経験した作家が自らの経験をもとに書いた戦争文学である。たとえばこれから触れるルネ・バンジャマンの『ガスパール』は、出版後一年で五万七千部を、アンリ・バルビュスの『砲火』は、二〇万部を売るベストセラーとなった。もちろんバルビュス、バンジャマンともに、前線を経験した作家だ。ゴンクール賞*という文学イベントに後押しされたこれら二作品の売り上げは例外的であるとしても、戦争体験を描いた小説が一般的に広く受け入れられた理由は、人々が、戦争の「真実の姿」をそこに認めたからであると言われている。自分が戦っている戦争について理解することを望み、自らの姿を文学の中に認めたがっていた兵士たち、あるいは家族や友人が出向いている戦場でなにが起こっているのかを知りたがっていた読者たちの欲求を満たすため、大戦中は、小説家にもジャーナリスト的な役割が期待され、「生の」現実を描いたものとされる文学作品が評価されたのであった。

しかしながら第5章で詳述するように、出征作家による証言型の戦争文学は、戦争がアクチュアリティを失うにつれて急速に読まれなくなった。実際のところ、現在でも一定数の読者を得ているこのジャンルの作品は、バルビュスの『砲火』やロラン・ドルジュレスの『木の十字架』などごくわずかにすぎない。それらにしても、戦争の悲惨を告発した書として反戦運動に受け入れられたという社会的、思想的な要因が大きく、文学的な意義や文学史に与えた影響につ

ゴンクール賞
一九〇三年に発足したフランスの文学賞。その年に出版された虚構の散文作品（主に小説）を対象とする。エドモン・ド・ゴンクールの遺言と遺産によって設立されたゴンクール・アカデミーによって、毎年一回選定される。大戦中の受賞作は以下の通り。いずれも従軍経験のある作家による戦争文学である。ルネ・バンジャマン『ガスパール』（一九一五年）、アンリ・バルビュス『砲火』（一九一六年）、アドリアン・ベルトラン『大地の呼びかけ』（同、ただし大戦勃発によって持ち越された一九一四年度の賞）、アンリ・マレルブ『拳に炎を』（一九一七年）、ジョルジュ・デュアメル『文明』（一九一八年）。

いては、無視されるとは言わないまでも、あくまで二次的な関心の対象に止まっていると言っても過言ではない。現在、大戦の文化史的研究の進展とともに戦争文学作品の復刊が次々となされ、またここ数年で、このジャンルを正面から扱う文学研究者も現れて、戦争小説研究を新たな方向に展開させつつあるとはいえ、大戦期に書かれた戦争文学が、文学史のなかにしかるべき位置を占めるのはまだこれからである。

たしかに、新時代を画する傑作を中心に語られる文学史においては、伝統的なリアリズムを基本とし、紋切り型が多用されるこの種の戦争文学が占める場所はあまりないようにも思われる。とはいえ戦争文学全体を、多くの流行小説と同様に歴史的資料としての価値しかない二流品と決めつけ、無視してしまうことは、戦争文化が文学史に与えた影響を見失わせてしまいかねない。そこで本章では、ルポルタージュ的な戦争小説の代表作として知られるバルビュスの『砲火』を取り上げ、そこでどのような戦争表象が形成されたのか、そのリアリズムの構造を解剖してみることにしたい。

1　ポワリュ

『砲火』は、大戦期に書かれた戦争小説としては、もっとも有名な作品であり、その後に書かれた多くの戦争小説のモデルとなったばかりか、大戦のイメージを定着させる上でも後世に大きな影響を与えた作品である。

作者アンリ・バルビュス（図12）は、ジャーナリズムに携わりながら象徴派の影響を受けた詩人として出発し、その後自然主義的な小説を手がけるようになって、『地獄』（一九〇八年）などの小説を発表した。一九一四年、四一歳のバルビュスは、兵士としては高齢で、さらに丈夫な体ではなかったにもかかわらず、当時の多くの知識人同様、ドイツの軍国主義に対する危機感と共和国を守らなければならないという義務感から志願し、一九一七年に復員するまで幾度か前線を経験した。その時の体験をもとに、病院で療養中に書かれたのが『砲火』である。一九一六年八月から『ルーヴル』紙に連載小説のかたちで発表されたこの作品は、連載中から評判を呼び、はやくからこの年のゴンクール賞候補作として、選考委員であるゴンクール・アカデミーの注目するところとなった。一〇月末、受賞の可能性を嗅ぎつけたフラマリオン社がバルビュスに働きかけ、一二月の発表に間に合うよう大急ぎで契約をまとめ、単行本のかたちにしてとりあえず数百部を刷った。選考委員のひとりであったアクション・フランセーズの作家、レオン・ドーデの強固な反対があったとはいえ（社会主義に対するバルビュスの共感を鑑みれば当然の反応である）、その予想が裏切られることはなく、『砲火』はゴンクール賞受賞の発表とほぼ同時に店頭に並んだのであった。そしてこの作品で名声を得た彼は、後に共産党系の議員となるポール・ヴァイヤン＝クチュリエらとＡＲＡＣ（退役軍人共和連合）を一九一七年に

図12　アンリ・バルビュス

組織し、また戦後は「クラルテ」運動を率いて、ソヴィエト共産党の路線に従いながら、反戦平和運動の指導者となったのである。

『砲火』が与えた衝撃を想像するためには、その前年にゴンクール賞を得て、やはりベストセラーとなったルネ・バンジャマンの『ガスパール』（図13）と比較してみるのがよいだろう。これは、パリでエスカルゴを売って生計を立てる小市民ガスパールの戦争体験を描いた物語であり、その筋立ては、開戦と同時に出兵した彼が、最初の戦闘で尻を負傷し、しばらく病院で療養した後に前線に復帰するものの、再度の戦闘で脚を一本失って故郷に戻るというものだ。

この小説が評価された理由としては、ふたつの点をあげることができるように思われる。ひとつは、近代戦争としての大戦のあり様を劇的に描きだしたこと。「戦争がこんなものだとは思わなかった」と口にするガスパールが最も驚愕したのは、「見えない敵」からやって来る砲弾が人々をなぎ倒してゆくことであった。次のような記述は、銃剣を交え、肉体がぶつかり合うという伝統的な戦争イメージの崩壊を告げている。その代わりに露わになるのが、身体能力が無意味であり、死から尊厳が失われるという事態である。

［砲弾は］大きな空気の塊を吹き飛ばしつつ突然やって来る。幾人かが叫び声もなく崩れ落ちる。だが前に倒れようとする彼らを、地を滑って突き刺さる武器がとどめる。こうして兵士は立ったまま、押しとどめられ、串刺しにされ、奇妙で

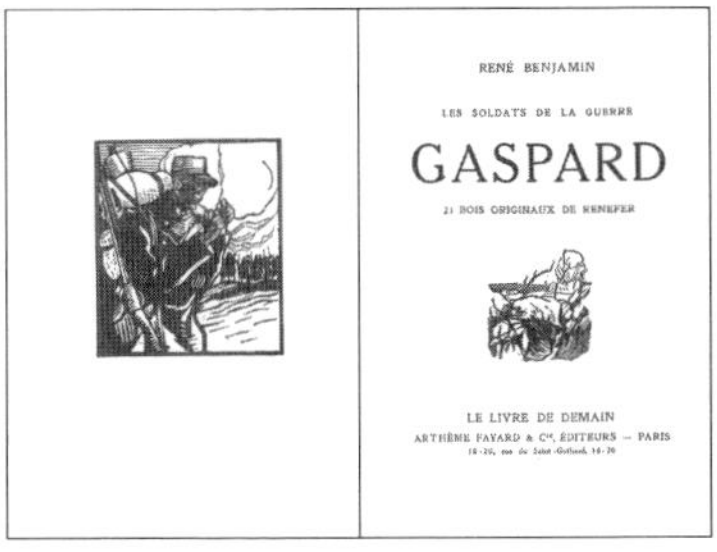

図13　『ガスパール』扉絵（ルヌフェールによる版画）

恐ろしい姿勢で死ぬ。死んではいるがほとんど立っており、半分打ちのめされながらも生きている。安らぎを得たようには見えないあらゆる死体と同様、見るに耐えないものだ。

このセンセーショナルな戦場の描写は、しかしながらもうひとつの特徴によって和らげられる。それがこの小説の魅力となるもうひとつの点、つまり、口ばかりが達者で短絡的で自分勝手、しかし情には厚くて気は優しいという典型的なパリジャンの人物像を、兵士のイメージと重ね合わせた点である。大戦中、兵士たちは親しみを込めて「ポワリュ」[1]と呼ばれ、新聞や雑誌などによってそのイメージが形成された。たとえば一九一五年に創刊された『ア・ラ・バイヨネット』[2]という絵入り新聞には、負傷しても敵を攻撃し続けた兵士、兄弟を目の前で失っても冷静に任務を遂行した兵士など、ことさらにヒロイズムを誇示するエピソードとならんで、塹壕の士気の高さや兵士の快活さを強調する記事が随所に見られる。バンジャマンは、この種の愛国主義的な大衆メディアで作られた「勇敢で陽気な兵隊さん」のイメージそのままに彼の主人公を行動させ、さらに持ち前のパリジャンらしいあけすけで陽気な性格によって、戦場であれ病院であれ、時には周囲に迷惑をかけながらも、常に人の輪の中心にいて愛されるキャラクターに造型した。こうして彼は、「ポワリュ」という語と兵士のイメージを人口に膾炙させることに寄与したのである。

▼1 「毛むくじゃら」を意味する形容詞から派生した言葉。

▼2 「バイヨネット」は「銃剣」の意味。後に『バイヨネット』に改称。

戦争に対するガスパールの、そして作者バンジャマンの態度は、この物語の結末に近い部分に端的に現れている。

「腕だったら、厄介なことになっていたな。だって手はあちこち引っかき回すのに使えるだろう。でも脚ときたら！　足なんて馬鹿みたいなもんさ！」結局、彼は快活な言葉だけで陽気になり、不幸をこんなにもやすやすと背負っていたので、みな、彼に同情するのを早々に忘れてしまったほどである。とはいえこの陽気さは、まったく驚くべきものではない。人は素晴らしく抵抗力があるものだから。

脚を失ってもユーモアを失わない主人公と、彼を例に人間一般について論評する語り手によって示されているのは、いかに過酷であれ、戦争が兵士の強靱な精神を傷つけはしないという信念である。しかもこの精神主義は、アメリカ人の義足業者がガスパールを高給で雇うことになり、彼と家族の生活が保障されるという物語の結末によって報いられることになる。つまりフランスにとっての戦争は終わらずとも、ガスパールにとっての戦争は上首尾に終わるというささかご都合主義的な筋書きのために、彼の戦争体験は、いまだ終わりの見えない現実の戦争の文脈から切り離され、ハッピーエンドの物語に回収されるのである。

仮に出版が一年遅かったら、『ガスパール』はこれほどの成功を収めなかったかもしれない。というのも、この作品には開戦からしばらく続いた楽観的な雰囲気がいまだ色濃く反映されているのに対し、一九一五年から一九一六年にかけての戦況の変化は、この種の楽天主義を受け付けない戦争文化を形成しはじめていたからである。一九一六年は、一九一四年の移動戦、一九一五年の膠着状態に続く、「消耗戦」の年として知られる。その象徴が二月に始まったヴェルダンの戦いである。モードリス・エクスタインズによれば、伝統的な戦争観念と価値観が覆され、代わって「耳をつんざき、精神を惚けさせる大砲の弾幕、長い列になり砲弾孔と泥濘の戦場をスローモーションで前進する攻撃部隊、そして彼らを待ち受ける機関銃と鉄条網と手榴弾」という、大戦につきまとう地獄のようなイメージがしだいに広がっていったのが、この消耗戦の段階である。そして「一九一五年一二月」という日付がページの最後に記されている『砲火』が、いわば予言的に描いたのも、このように巨大な運命と化した戦争に翻弄され、文字通り身も心も打ちのめされる兵士たちの姿であったのだ。

2　さらされる死体

『砲火』が同時代の人々にこれほど読まれたのは、バルビュスが描き出した兵士たちと戦争の姿が、彼固有の体験を超えた普遍性を有していたからだろう。別の言い方をすれば、『砲火』は、リアリズム小説として、大戦という現実に匹敵する「真実らしさ」をつくり出すことに成功したのである。このことを理解するためには、ロマン・ロランに宛てられた手紙に見られる次の一節に如くものはない。「泥土を知った者にとって、この本は粘つき、湿った土の臭いがする。糞尿の悪臭を知った者にとって、この本は糞の臭いがする。仲間が倒れるのを見た者にとって、この本は死の臭いがする。」戦争の「臭い」——泥土と糞尿と死の臭い——がする書物。バルビュスがつくり出したのは、何よりも感覚に訴えかけるリアリズムであった。

「死の臭い」をかもしだすのは、身体に対する暴力と死に対する冒瀆である。『ガスパール』でも既に見られたこのテーマは、『砲火』においてはより徹底的に掘り下げられ、戦場での死についてのイメージを変化させた。事実、この作品では随所に、オットー・ディクス（図14）やジョージ・グロスの陰惨な戦争画を彷彿とさせるような描写が見られるのである。

たとえば砲弾によって吹き飛ばされる兵士。バルビュスは、竹とんぼのように弄ばれる身体を赤と黒のコントラストとともに描くことによって、火器の巨大な力と身体の無力さをグロテスクなまでに強調している。

図14　オットー・ディクス《死んだ対壕の歩哨》（『戦争』）

しかし私ははっきりと思い出す。取り乱し、半狂乱になってはいたが、それでも本能的に戦友を探したその瞬間、私は、彼の体が、立ったまま真っ黒になって、腕をいっぱいに開いたまま宙に浮かび上がり、頭のところで炎が噴き出ているのを見たのだ。

あるいは戦闘直後の塹壕で、語り手の「私」が目にした死者の一群。ここでは兵士たちは死んでなお平安を得ることがなく、戦争を続けなければならないことが示されている。

目の下には小さな穴。銃剣のひと突きで、顔を板に釘付けにされたのだ。その前にはやはり座って膝に肘をつき、拳を首にあてた男がいるが、その頭の上部はゆで卵のように取り去られている……。かれらの脇には、恐ろしい監視人として、半身の男が立っている。頭蓋から骨盤までざっくりと二つに断ち切られた男が、まっすぐ土壁にもたれているのだ。

戦争小説における死者の描写について分析したカリーヌ・トレヴィザンによると、このように地上に打ち捨てられ、崩壊するままに放置されている死体は、二重の意味で秩序を壊乱する表象である。すなわち埋葬という死者に対するしかるべき儀礼がなされないという事実によって、それは、死が終わらず、その作用が常に続いていることを感じさせるオブジェであると同時に、塹壕という地中に潜っている生きた兵士たちとアイロニカルな対照をなすことによって、生と死の秩序が逆転したことを示す象徴ともなっているのである。

ところで、このような死者の陰惨な表象はバルビュスの専売特許ではなく、ロラン・ドルジュレスの『木の十字架』(一九一九年)や、ジョルジュ・デュアメルの『犠牲者の生』(一九一七年)や『文明』(一九一八年)など、当時の戦争文学の多くに共通して見られるものである。死後の平安を得られない死者、近代兵器の暴力によって見る影もなく変形した死体や負傷者などを描くことを通じて彼らが行ったのは、バレスが提唱した「大地と死者」の思想に基づく愛国主義的な戦争への誘い、プシカリやアガトンが育んだ英雄的な戦士と死の観念、あるいは未来派が思い描いた強靱な機械人間の夢といった、第1章で概観した観念的でロマンティックな戦争あるいは戦士のイメージを崩すことであった。

とはいえ皮肉なことに、この種の表象はまた、露悪趣味やセンセーショナリズムとして受け取られるという結果ももたらした。戦時中から戦後にかけて書かれた数百点にのぼる戦争文学(書簡や回想録、日記なども含む)を、証言としての価値という観点から調査し、『証言者たち』(一九二九年)という大著にまとめたジャン・ノルトン・クリュが、バルビュスとドルジュレスを激しく非難したのもまさにその点である。自身も戦場を経験したノルトン・クリュは、「実際の」戦場はセンセーショナルな描写とは縁遠いと言う。それゆえ『砲火』は作者のサディズムが露骨に現れた「不条理なフィクション」であり、凄惨な場面を連ねることによって戦争を告発するバルビュスの平和主義は、「扇情的で病んでおり、誹謗中傷に満ちた偽平和主義」だ。またドルジュレスにいたっては、バルビュスが犯した間違いを、『砲火』の作者が得た成功の二番煎じを狙って踏襲することで、よりひどく「文学的」すなわち虚偽になってしまっているとまで言う。こうして彼は、攻撃の矛先をリアリズムそのものへと向ける。

『木の十字架』の驚嘆すべき成功は、私を悲しませ心配させる。かつて公衆は、風になびく旗や剣によって小説化された戦争を欲していた。今日彼らが好むのは、醜いしかめっ面をした死者たちが一面に敷きつめられた連結壕や死体への接吻によって、負けず劣らず小説化された戦争である。これは進歩ではない。慎ましやかな真実は、叙事詩からも人工的なリアリズムからも遠く離れたものである。

この遅れてやって来た攻撃に対しては、バルビュスやドルジュレスも直ちに反論して、彼らの物語が真実に基づくことを強調した。実際のところ、ノルトン・クリュの批判にはいささか的外れなところがあることは否めない。彼が「間違い」としてあげつらっているディテールは多くの場合正当なものであるようだし、そもそも、自分の限られた経験を一般化して他人を断罪する権利は、この批評家にもないはずである。しかしながら、どちらが正しいかを問うことにほとんど意味はない。実証科学的な観察精神を掲げ、あらゆる「文学的」な改変を虚偽として非難する批評家と、自然主義小説の伝統を踏まえた上で、反戦・平和運動という大義に役立てることを念頭におきつつ自らの戦争体験を「小説」として描く作家は、「文学」や「真実」という概念をめぐってすれ違わざるを得ないからである。むしろ、そのすれ違いを引き起こしたがゆえに、ノルトン・クリュの批判には意味があったと考えるべきだろう。それは、証言とフィクションはどのような関係を取り結んでいるのか、完全に文学的でない「慎ましやかな真実」はあり得るのかといった、きわめて今日的な問題を提起しているのである。

3　泥土と水

続いてもうひとつの「臭い」に移ろう。泥土の臭いである。周知のように第一次世界大戦のイメージを決定づけたのは、大規模な塹壕戦である。北は北海から南はスイス国境まで、六五〇キロメートルに及んだ西部戦線の塹壕は、ジャン＝ジャック・ベッケルによればだいたい次のような作りであったようだ。「通常、第一の陣地が二〜三〇〇メートルの間隔を開けた二本か三本の塹壕によって形成され、第二の陣地が三〜五キロ後方にある。塹壕と塹壕は狭い連結壕によって結ばれており、その連結壕は、敵からの縦射の餌食とならないために曲がりくねっていた。塹壕の仕切りは、兵士たちの避難所や司令部、あるいは救護所として使われる穴が掘ってあった。塹壕が崩れ落ちるのを防ぐため、仕切りは丸太や編み垣によって補強された一方で、底は地面にはまりこまないようにやはり丸太が敷き並べられてあった。塹壕の周囲は巻いた鉄条網によって保護されていたが、それは、敵の侵入を防ぐため、ときには奥行き五〇メートルを超える塊となっていた。」(『第一次世界大戦』二〇〇三年)。

敵の攻撃もさることながら、塹壕の生活を過酷なものにしていたのは自然との戦いである。なかでも最大の敵は泥と水であった。とりわけフランドル地方北部は水分を多く含んだ粘土質の土地であり、雨が降れば地下に掘られた塹壕はすぐに水浸しになる。そうしたときに配置についた兵士たちは、交代が来るまで泥にまみれ、冬には寒さに凍えながら、行軍し、野営を行わねばならないのであった。

それゆえ水と泥が、これまでの戦争についてのイメージを一新する象徴として、戦争文学の一大テーマとなることは不思議ではない。大戦をテーマにした戦争小説研究のパイオニアであるレオン・リエジェルは、「証言はあまりに多く、またどれもが一致しているので、戦争文学に水のテーマが常にあらわれることを強調しようとすると、どれを選ぼうか困ってしまうほどだ」と述べている。彼によれば、たいていの場合、水のテーマは泥や寒さなどの否定的なイメージと関連づけられ、戦意の喪失、あるいは最悪の場合死を引き起こすことになる。事実バルビュスもまた次のように書いている。「ある時期、私は戦争の最悪の地獄は砲弾の炎であると信じていた。その後長い間、それは私たちを永遠に圧迫する地下の息苦しさだと考えた。だがちがう。地獄、それは水だ。」

水と泥のテーマが頻出することにかけては、もちろん『砲火』も例外ではない。ふたたびリエジェルによれば、この作品には、「水」の語が六六回、「泥」が六二回、「雨」が五五回現れる。関連語句を含めればさらに増えることは言うまでもない。そして多くの戦争文学作家と同様、バルビュスもまた、このテーマを塹壕戦の過酷さとむすびつけている。

塹壕は真新しい地滑りによってふさがっており、そこにはまりこんでゆく……。一歩一歩を高々とあげて、軟らかく粘ついた土から足を引き離さねばならない。この光景をようやくのことで乗り越えると、またすぐにこんどはぬるぬるする流れのなかに転げ落ちるのだ。……泥の中に跪き、地べたに平たくなって、五六歩のところは這って歩かねばならない。

死体表象に続いて、バルビュスのリアリズムは、美化され、観念化された戦争の神話の解体に向けられている。ここで崩壊するのは、地上を勇ましく闊歩するプシカリ流の兵士のイメージ、あるいはアランが完璧な舞踏に比した行軍の美である。「よく規律のとれた群衆の動きは、統一された制服とあいまって、明らかに最も心を揺さぶるスペクタクルのひとつである」と、彼は、『芸術の体系』のなかで書いている。アランが言うように、戦争はこのような「美的な準備行動」によって支えられるとしたら、泥のなかを散り散りになって這うように行軍する兵士の姿は、もはや形式美をもたず、それゆえ戦意を喪失させるスペクタクルとなる。それだけではない。バルビュスはさらに、泥を糞尿と結びつけることによって、行軍の形式的な美を徹底的に汚すのである。

「糞のなかを前進！」と、部隊の先頭がどなる。
嫌悪に胸を締め付けられながらも、我々は飛び込む。臭気は耐え難くなる。我々は糞便のなかを歩く。泥土のなかでそれがぐにゃりと来るのが感じられる。

だが、『砲火』における泥土と水のモチーフには、美化された戦争に対抗する表象とは別の側面があることも見逃してはならない。
ある夜、降りしきる雨のなか攻撃に出た「私」の部隊は、激しい砲撃にあう。自分たちの位置も把握できないまま逃走した「私」と仲間は、疲労しきってようやく見つけた丘の裾に倒れ込み、そこで夜明けを待つ。翌朝、雨も砲撃も止んで静寂が支配するなか、「私」が見るのは、どこもかしこも水浸しになった光景だ。泥に埋もれた兵士たちは、生きているか死んでいるかも分からない。その泥のなかから、生き残った兵士がひとり、またひとりと亡霊のように立ち上がり、敵味方の区別なくひとところに集まってくる。「夜明け」と題された最終章はこのようにして始まるのであるが、ここでは明らかに、泥土と水のモチーフが、創世記神話の大洪水を下敷きとして用いられている。大雨は、古い世界を暴力的に洗い流し、新しい世界を告げる象徴として現れるのだ。もちろんこれが、戦争によって世界を浄化するという、戦前の知識人に広く共有されていた信念を、バルビュスが自分流に書き換えたものであることは言うまでもない。いずれにせよ、こうしてひとつの集団となった兵士たちの口から、いわば集合的な声として、戦争の告発と平和への願い、そして指導者層に対する不満が自然と発せられ、その声は次第に語り手の声に導かれるように、国家の廃絶と国際的な民衆の連帯の必要性という政治的メッセージの方へと向けられてゆくのである。

4　口語・俗語文体

『砲火』のリアリズムについて考える際に忘れることのできない要素として、口語・俗語文体がある。これは、『砲火』をはじめとする戦争小説ジャンルにおいて、トレードマークとなったほど流行した文体である。登場人物である兵士たちにリアリティを与えるため、バルビュスは、兵士の口ぶりを忠実に模倣しようとした。そこで彼は、時には正書法や文法規則を無視して口語的な表記を採用し、またそこに彼らの社会階級や出身地を示す言語的特徴（たとえば「どうした？」を意味する《qu'est-ce que tu as ?》が、リール地方の方言の模倣によって《qu'ch'o'qu't'as ?》となったり、話者の地域性や知的程度を示すために、動詞の活用がわざと間違えられたりしている）や、軍隊生活によって作られた隠語の類をふんだんに盛り込んでいるのである。たとえば炊事係の死について語られる時にある兵士の口から発せられた「マルミットがやつのマルミットに落っこちたのさ」という駄洒落めいた表現などは、本来「鍋」を意味する「マルミット」という語が、「（巨大な）砲弾」を指す隠語として用いられていたことを知らなければ理解できない。また、軍事用語の解説めいた一節もある。

> 軍団のE.N.E.のように、軍団砲兵隊があるのさ。つまり師団の砲兵隊に加えた中央砲兵隊だね。そこには、A.L.つまり重砲兵隊と、A.T.つまり塹壕砲兵隊と、P.A.つまり砲廠と、自動砲と、高射砲とがあるのさ。どうだい、よく知ってるだろう。▼

このような「塹壕の俗語」は、開戦後まもなく新聞や小説などで紹介され、人々の関心を引きはじめた言語現象であった。言語学における口語研究のパイオニアとして知られるシャルル・バイイは、『言語活動と生』（第三版、一九五二年）において、「塹壕の俗語」に向けられた関心を、話者が帯びている威光と関

▼E.N.E.とは師団編成外部隊のことである。

連づけて、社会学・心理学的観点から次のように説明している。

階級言語の威光は巨大である。上に立つ者の話し方はうらやましく感じられるが、それは、その性質そのものというより、理想として提示された生活形態の象徴としてである。……ここに奇妙な方向転換が起こり、世界大戦によって塹壕の俗語から採られたまったく野卑な表現（「心配すんな、おれたちはやるさ、等々」）のコレクションが与えられることになった。だが「ポワリュ」には威光があった。それで十分だったのだ。

バイイが言うように、ある社会集団に対する関心から、そのメンバーが使う独特の言葉遣いに興味を持つことは、いつの時代にも見られる現象だろう。ポワリュたちの言葉もまた、一種の「業界用語」として、あこがれと好奇心とが入り交じった興味の対象となっていたのである。

この現象が一過性のものでなかったことは、戦時中、「塹壕の俗語辞典」の類が相次いで出版されたことによっても示されている。ルーマニア出身の言語学者・文献学者ラザール・セネアンが、新聞や戦争小説に現れたこれらの言葉を採集して編んだ小冊子、『塹壕の俗語』（一九一五年）、博物館の学芸員で従軍経験もあったフランソワ・デシェレットが、千語を超える語彙を収集した『ポワリュの俗語——一九一四年大戦の兵士たちの言語についてのユーモラスで文献学的な辞書』(一九一八年)、そして、兵士たちを対象とした聞き取り調査を行い、「塹壕の俗語」を科学的に分析した言語学者アルベール・ドーザの『戦争の俗語——士官と兵士へのアンケートから』(一九一八年)などである。

こうした状況のなかに『砲火』の口語・俗語文体を置き直してみると、バルビュスが当時の読者の「期待の地平」を共有、あるいは少なくとも考慮していたことがわかるだろう。彼がこの文体を使うことで作り出そうとした戦場のリアリズムは、単に兵士の言葉をそのまま書いたというものではなく、戦争をとりまくメディアによって引き起こされていた、言語表現の変化に対応するものであったのだ。

事実バルビュスは、塹壕の俗語が持つ美学的であると同時に政治的な意味合いを十分に意識してこの言葉を使っている。そのことをよく示しているのが、「悪態」と題された短い章である。語り手の「私」が書き物をしているところに(語り手の「私」が書き手でもあることがこれによって示唆されている)、兵隊仲間のバルクが寄ってきて次のように問う。

「なあ、あんたに聞きたいことがあるんだ。なに、無理にってわけじゃないぜ。あんたの本で兵隊にしゃべらせるようなことになったとき、あんたはやつらがしゃべるようにするかい、あるいはそいつをこっそりとちゃんとした言葉になおすつもりかい。つまりさ、おれたちががなり立てる悪態のことだよ。ポワリュがふたりいて口を開こうもんなら、一分もしねえうちに印刷屋がこりゃちょっと印刷したかねえなと思うような言葉を聞かずにゃおれんだろ。だったらどうするよ？もし悪態を使わなきゃ、あんたの絵は似てねえってことになるぜ。やつらを絵に描こうとしてるのに、あちこちにあるいちばん派手な色のひとつを塗らねえようなもんさ。しかしそんなこたあ普通しねえだろう。」

「いいかい君、僕は悪態だって、しかるべきところには書くよ。なぜならそれが真実なのだから。」

「でもよ、もしあんたがそれを使ったらさ、あんたのところの連中は、真実なんておかまいなしに、あんたのことを豚よばわりしないか？」

「そうかも知れない。でも僕はそんな連中のことなどおかまいなしにそうするさ。」


「私」は知識人諸氏の不興を買うことを承知の上で、「真実」の要請に従って悪態を使い、それによって塹壕の仲間——多くが下層階級出身の労働者や農民である——の声の代弁者となることを約束する。塹壕の俗語を用いた口語・俗語文体とリアリズムは、バルビュスにとって、「美しく書くこと」とを至上命題とする旧来の文学言語の秩序に対する闘争の手段なのである。とはいえ、かく言う「私」の言葉自体には、省略ひとつない文語が使われており、対話相手であるバルクの口語・俗語文体とはっきりとした対照をなしていることもまた事実である。つまり皮肉なことに、「私」は、口語＝民衆語との連帯を表明すると同時にこの言葉を差異化し、伝統的な文語文学のヒエラルキーのなかに再び位置づけているのだ。この意味で、バルビュスによる文学言語の「階級闘争」は、いまだ不徹底なままに終わったと言わざるを得ない。大戦の経験が文学言語に真の「革命」をもたらすためには、語り手までもが口語・俗語で語りはじめ、あらゆる価値を徹底的に転倒する、ルイ＝フェルディナン・セリーヌ——彼はバルビュスから受けた影響を公言している——の『夜の果てへの旅』（一九三二年）を待たなければならなかったのである。

5　言語の戦争

塹壕の俗語と口語・俗語文体は、『砲火』が言葉の次元においても戦争小説であることを示している。ただし戦線が、ドイツ軍に対してではなく、塹壕共同体と後方の人々のあいだに引かれている戦争についての小説である。事実、『砲火』の登場人物たちは、現に砲火を交えているドイツ兵たちについては、「彼らも自分と同じ普通の人間なのではないか？」と考え、時には同胞意識を芽生えさせることすらあるのに対し、銃後の人々に対しては困惑と敵意しか感じない。そして前線と銃後の隔たりは、しばしば言語表現の落差として描かれるのである。ここではふたつのエピソードについて見てみよう。まずは新聞記者たちが塹壕を訪問する場面。将校に連れられた記者たちは、動物園の珍獣よろしく兵隊たちを見て去ってゆく。その後、ようやく気詰まりから解放された登場人物たちが話し始める。

「するとあいつらか、おれたちの頭に詰め込むのは▼」とマルトローが言う。

バルクは鼻先に新聞を広げるようなふりをして、裏声で読み上げる。

「『ドイツ皇太子《クロンプリンツ》は、戦争開始と同時に殺された後で気が変になり、さらにはありとあらゆる病気持ちである。ヴィルヘルムは今夜死に明日もう一度死ぬだろう。ドイツ人は弾薬も尽きて木っ端を食っている。……我々が何日か待っているのは、塹壕生活を離れたくないからである。各階に水道ガスシャワー完備で、ここはたいへん居心地がよろしい。不便といえば、冬に暖かすぎることくらい……』」

バルクは、愛国主義的新聞の紋切り型を不条理なユーモアに変えてしまっている。続いては休暇でとある地方都市に出てきた語り手と仲間が、洒落たカフェに入るエピソード。身なりのよい婦人が「塹壕生活はつらいでしょうね？」と話しかけてくる。

彼女に話しかけられたヴォルパットは赤くなる。彼は、自分がそこから出てきてまたそこに戻ってゆくあの惨めな暮らしを恥じているのだ。彼はうつむいて嘘を

▼「頭に詰め込む（ブラージュ・ド・クラーヌ）」という表現については三八頁を参照。

言う。しかしおそらく嘘だとは分かっていないのかもしれない。

「いいや、まあ、つらくはないです……。そんなにひどくはないんですよ！」

婦人は彼と同意見だ。

「報いがあるのは知っていますわ！　突撃は素晴らしいのでしょうね？　男たちの集団がお祭りのときみたいに進軍するのですもの！　そして野に響き渡るあのラッパの音。『あそこで飲めるぞ！』と叫ぶ若い兵隊さん。それから抑えのきかないほどいきり立って『フランス万歳』と叫びながら死んでゆく人もいます……。ああ、私たちには、あなた方みたいな名誉はありませんわ……。」

カフェを出たヴォルパットは、しばらくは怒りでものも言えないが、ついに「おれたちゃふたつの外国同士に分けられているのさ。不幸な連中がうようよいるあっちの前線と、幸せな連中がうようよいるこの後方さ」ということに気がつくのであった。

右にあげたふたつのエピソードにおいて、銃後の人々の語りに口語・俗語文体が使われていないことは言うまでもない。バルビュスは、文体の違いを通じて、戦争の「現実」から生まれる言葉を、後方の空疎な愛国主義・好戦主義的言辞と対置させることによって、戦争を美化する言説を批判したのであった。

第4章　モダニズムの試練

イレーヌ・ラギュによるアポリネールの肖像（『SIC』37-39号）

1　逆風から戦時協力へ

大戦は、戦争前の数年間に大きな展開をみせていたモダニズム芸術の歩みを中断させた。戦争が始まると同時に、アポリネールやカニュードらは入隊してパリを去り、多くの雑誌は、経済状態が逼迫して休刊や廃刊を余儀なくされ、さまざまな「イズム」を提唱していた芸術家のグループも雲散霧消した。モダニズム芸術は、人的にも物質的にも大きな痛手を被ったのである。

それに加えて、戦時下特有の保守的、反動的な風潮が幅をきかせていたことも忘れてはならない。その典型的な証言が、レミー・ド・グールモンによってなされている。かつては愛国主義を揶揄する文章を書いてスキャンダルを巻き起こしたこの作家も、開戦時の興奮の中で、「我々の運命をめぐって戦いが始まろうとしていたときに、我々はこんなものにかかずらっていたのか？　なんとくだらない！……とはいえ我々がキュビスムの将来や自由詩句あるいは定型詩それぞれの長所を真面目に論じていたあの時代は、いかに幸せに感じられることか！」と考え、一時的にとはいえ、「こうしたことすべては決定的に終わってしまい、芸術も、詩も、文学も、また科学ですらもはや問題にならない」と信じたのである（『嵐のあいだ』）。この言葉に典型的に表れているように、実験精神を本分とし、有用性の原理からは遠くにあったはずの芸術運動にも、戦争は、「何の役に立つのか？」という問いを突きつけたのであった。

このような状況のなか、モダニズム芸術を戦時体制の文化のなかに正当に位置づけようとする試みが、それまでマージナルな存在だった芸術家の中から現れた。その最初のものが、ピカソをはじめキュビスムの芸術家たちの知己を得たばかりのジャン・コクトーが、風刺画家でデザイナーでもあるポール・イリブの協力を得て、戦争開始から三ヵ月後の一九一四年一一月に創刊した雑誌、『ル・モ（言葉）』である（図15、図16）。「我々の計画は、戦争から生まれ、戦争に育まれた雑誌をつくることだ。常におなじ顔でありながら、毎週異なる表情をみせる雑誌を」（第五号）と宣言するこの雑誌で、コクトーは、ジョフル将軍を讃美し、ドイツ兵の残虐さを暴き立てる挿話を掲載するなど、当時の好戦的で愛国主義的な新聞・雑誌と足並みをそろえる一方、ストラヴィンスキーの《春の祭典》を称賛し、キュビスムの画家アルベール・グレーズに「過去は過ぎ去った。それは偉大であった。そのなかに諦めて身を任せることで、それを醜悪にしてしまわない術を知ろう。我々は勇気を持ってできるだけ遠くに行くことによって、過去に対して忠実になるで

図15　『ル・モ』第10号表紙。バラにたとえられたフランスを、毛虫のドイツ軍が這い回り、花心部のパリに迫っている。

図16　《帰還》と題されたアルベール・グレーズのキュビスム戦争画（『ル・モ』）

あろう」（第一七号）と書かせることによって、新しい傾向の芸術にも開かれているという態度をとるのであった。

保守的な傾向と革新的な芸術への志向とが折衷的に共存している『ル・モ』を引き継ぐようにして、一九一五年四月にキュビスムの画家で理論家でもあるアメデ・オザンファンによって創刊された『レラン（飛躍）』（図17、図18）は、よりはっきりとキュビスムを前面に出し、モダニズムを愛国主義と和解させようとした絵画と批評、そして詩の雑誌である。ほとんどがコクトーとイリブの手によっていた『ル・モ』と違い、アポリネール、マックス・ジャコブらの詩人、またアンドレ・ドラン、ジャン・メッツァンジェ、ピカソらの画家が協力者として名を連ねた『レラン』は、前衛芸術雑誌と呼ぶにふさわしい。そしてその刊行の辞は、芸術が戦争に役立ち、また逆に、戦争が芸術を真正なものとするという信念の表明である。

図17　『レラン』創刊号表紙。首飾りに模された前線がフランスを向いた勝利の女神らしき人物像の首に巻き付いている。

図18　《療養》と題されたアンドレ・ロートのキュビスム戦争画（『レラン』）

フランスでは平和なときにしか芸術がないと外国人なら考えるかもしれない。だが戦っている我々の友人たちは、どれだけ戦争によって自分たちがより一層芸術に結びつけられたか書いて寄越してきている。彼らは、それを実現するための頁を望んでいる。この雑誌こそがその頁となろう。……完全に無私無欲のこの雑誌は、原価で販売されており、その唯一の目的はフランス芸術ならびにフランスの独立、要するに真にフランス的精神のプロパガンダである。

『レラン』がまっさきに相手にしなければならなかったのは、キュビスムを「敵国芸術」とみなす、（まったく根拠のない）非難であった。これに対し、アメド・アトラビル（おそらくはオザンファンの偽名）は、キュビスムをドイツ絵画であるとする批判を、新しい芸術家の大胆さについて行けなくなった「公式の坊主たち」が、その作品を排除するための方策として、「ルイ十三、十四、十五、十六世、あるいは時代がかった作風」以外は、みなゲルマン精神に侵された芸術と見なすことに由来すると説明した。要するにアカデミズムから新傾向の芸術を閉め出すための言いがかりというわけだ。

ジョゼフ・グラニエもまた、カミーユ・モークレールらによる同種の非難を、タイポグラフィーを用いたそれじたいキュビスム的な批評文を通じて揶揄している。さらに彼は、おなじ記事の中で、ブラックやレジェをはじめとする画家たちがフランスの勝利のために戦い、その間にも制作を続けていることに注意を引きながら、彼ら愛国者たちが「ドイツ野郎の芸術」を執拗に続けているのは「なんたる矛盾」だろうかと問いかけ、さらに次のように述べてキュビスムをフランス的理性の産物として位置づけている。「構成を取り戻し、総合を注入することによって、キュビスムは感覚の道を拓いてきた。というのも、感覚については理性的なものしかないからである。何ものも脆弱さには接ぎ木されない。そしてまさに理性的な感覚によって、キュビスムと『我らが種の明晰な精髄』とが同時に特徴付けられるのである。」（第八号、強調原文）。

さて、これら短命に終わった雑誌に続いて創刊され、アヴァンギャルド芸術史の上ではより重要な位置を占めることになったのが、未来派に好意的であったピエール・アルベール＝ビロによって、一九一六年の一月に創刊された『SIC』である（図19）。これは、当初アルベール＝ビロの個人雑誌といった趣を呈していたが、間もなくアポリネールやルヴェルディらの協力を得て前衛芸術家のネットワークを築き、戦後まで続いた雑誌である。後にアラゴンは、この雑誌には馬鹿げたところも数多くあったとはいえ、それでも大戦中の困難な時期に、斬新さと革新という点ではゆずらないアヴァンギャルドの姿勢を貫いたとして、アルベール＝ビロと彼の雑誌を称賛することになるだろう。この『SIC』は、『ル・モ』や『レラン』とは違い、「戦争によって生まれた」ことをことさらに強調するものではなく、芸術に身をささげる姿勢を見せていたとはいえ、それでもとりわけ創刊当初は、愛国主義を色濃く漂わせていた。

図19　『SIC』表紙

アルベール＝ビロもまた、モダニズム芸術の存在意義の問いに直面したひとりである。そこで彼が取ったのは、「戦争が芸術に与えた影響に関するデータを手に入れる」ために、「動員された経験のある読者」に向けてアンケートを行うという戦略であった。モダニズム芸術の必要性を実際の戦闘員に語ってもらい、軍人の権威によって芸術の存在価値を保障しようというわけである。それに対する回答が真正のものかどうかは分からない。しかしいずれにしてもそこから浮かび上がってくるのは、第1章で見たところの、戦前の知識人に広がっていた期待感がついに現実のものとなったという言説である。戦争によって文化の浄化が実現され、新たな世界が生まれつつある、今は試練の時なのだ——決して多くはない回答者の主張は、おおよそこのようにまとめられる。なかでも「…歩兵隊所属S.T.」なる人物から寄せられた「モダニズムを説きたまえ、説きたまえ。我々が塹壕にいる間、あなた方は我々同様義務を果たすのだ。モダニズムを説きたまえ。私の言うべきことはただそれだけだ」（第二号）という言葉は、愛国的な前衛芸術家としては我が意を得たりという思いであっただろう。この歩兵は、前線と銃後がともに「新たな高貴さ」の創出という共通の目的にむかって戦うという総力戦体制のなかにモダニズム芸術を位置づけてくれているのである。

2 「新精神」と古典主義

ところで右に示したように、モダニズムと愛国心を和解させようとする論者たちは、しばしば「フランス的な精神」を引き合いに出していた。とはいえ戦時中の前衛芸術家によってしばしば求められた「フランス精神」は、人種主義と好戦的な態度に根ざしたそれとは異なって、むしろ理性と普遍性に訴えるものであった。この態度はまた、フランス文学史のひとつの頂点、すなわち古典主義の讃美としても表れる。この観点から興味深いのが、ポール・デルメーの唱える「来るべき古典主義」論である。彼は、『ノール・シュッド（北＝南）』誌創刊号（一九一七年三月）に掲載された「象徴主義が死んだとき……」と題されたエッセイのなかで、「横溢と力の時代の後には、組織化と分類、科学の時期、すなわち古典時代が続かねばならない」（強調原文）と書いて、未来志向の古典主義待望論を表明する。デルメーがフランス的な価値を声高に主張することはないものの、その含意は明らかであろう。ロマン主義対古典主義という図式の上に、力対秩序、すなわち野蛮対文明という対立が重ね合わせられているのである。

しかしながら、「来るべき」古典主義とはどのようなものだろうか。あるいは、モダニズムが古典主義を自称することには、矛盾がないのだろうか。

これに対しデルメーは、古典主義を、歴史上のある出来事ではなく、創作の一原理として捉えることによって答えている。「時代遅れの古典的な定型表現は、古典主義の反対である。」ロマン主義が古典的な文芸の規則を打破し、象徴主義が自由詩句をもちこんだ後で、再びラシーヌのような定型を用いることはできないというわけだ。それゆえ彼の唱える「古典主義」は、戦前から見られた古典復興運動とは異なって、近代化に対する拒否や一七世紀文学への回帰あるいは模倣などを意味するのではなく、あくまで時代の先端を切り開くモダニズム美学と不可分のものである。不可逆的に流れる時間を信じるモダニストであったデルメーの目に、「現代」は、ロマン主義や象徴主義という秩序壊乱的な一九世紀文学の流れによって、そしてなにより戦争によって価値の転倒が起こっている移行と混乱の時代と映っていた。その彼にとって、提示すべき「新しさ」とは、古典主義が含意する「知性」と「意志」による新しい「秩序」に他ならなかったのである。

デルメーが暗示していたモダニズム的古典主義と愛国心の結びつきは、その後アポリネールによって、一九一七年一一月二六日に行われた有名な講演「新精神《エスプリ・ヌーヴォー》と詩人たち」のなかで定式化されることになる。講演の冒頭から、彼は、「今や世に現れようとしている新精神は、何よりも先ず古典主義から、あのしっかりとした良識、狂いのない批評精神、宇宙と人間の魂をみわたす概観的な視野、感情の皮をはぎそれを制限する、あるいはむしろその露出を抑制する義務の感覚を受け継ぐことを求めている」と述べる。めまぐるしく変化するこの世界において、詩人の務めは、絶えず「驚き」を引き起こし、それを通じて世界の新たな姿を告知することにある。だからこそ精神は、「新しさ」を標榜できるのである。しかしその「驚き」が「真理」、すなわち新たな「現実」となるためには、しっかりとした精神的基盤がなければならない。それを培うのがまさに古典主義だというわけである。

モダニズムと古典主義精神を結合させた詩人は、次に、こうして位置づけられた「新精神」を「国民化」する。そのために彼が用いるのは、芸術は民族意識のあらわれであるとするロマン主義的な思想である。「そもそも詩人たちとは、常にある環境、ある国民の表現であり、芸術家は、詩人や哲学者と同様、ひとつの社会的基盤を形づくるものなのである。この基盤は、おそらく人類に属してはいるものの、人種や所与の環境の表現である。」こう述べることでアポリネールは、古典主義＝フランスの民族精神という等式をたて、いよいよ芸術論の装いのもと、彼の愛国心を表明する準備を整えたのであった。

忘れてならないのは、ひとつの国民にとって、武力で征服されるよりは知的に征服されることの方が、おそらくは危険であるということだ。それゆえ新精神はなによりもまず、秩序と義務を要求する。これらは古典主義の偉大な特質であり、それを通してフランス精神は、その最たる高みにおいて姿を現すのだ。そして新精神はそこに、自由を付け加える。新精神のなかで入り混じっているこの自由とこの秩序が、その特徴であり、またその力なのだ。

現在の我々がこの文章を読むとき、そこから感じられるのは、アポリネールが常々提示してきた新鮮な美学というよりは、むしろ論理の飛躍や突発的な愛国心の発露によって引き起こされる戸惑いである。とはいえそのようなことを、当時のアポリネールは気にかけていなかったかもしれない。というのも、「名誉の負傷」をこれみよがしにひけらかしながらパリのカフェや劇場に出現し、自他共に認める愛国的前衛詩人のリーダーであった彼にとって重要だったのは、おそらく、祖国に奉仕する前衛詩人としての役割を演じきることであったはずだからだ。前衛であるのみならず外国人の出自を持つことによって、社会的には極めて慎重な振る舞いをしていた彼がとりえた態度は、それしかなかったのだろう。

3　スペクタクルとしての戦争――戦争詩（一）

モダニズム芸術を愛国的な戦争文化の中に位置づける「理論的」な試みがなされる一方、実作面では、戦前からモダニズム詩が切り開いていた言語表現の地平を押し広げ、そこに政治的な色合いを加えるというかたちで戦争詩が書かれた。「新しさ」の追求に身を捧げ、鉄道や自動車といった交通技術、写真や映画のような光学技術、あるいは電話や無線といった通信技術の発達に敏感に反応し、テクノロジーがひらく可能性を信じていたモダニスト詩人に対し、科学技術の粋を集めた大戦は、またとない「スペクタクル」を提供したのである。

彼らに格好の詩的素材を提供したのは空である。それは、たとえば砲弾が花火のようにきらめく夜空として描かれる。

夜を照らすあの砲弾のなんと美しいこと
自分自身の頂まで上ってから見つめるために身をかがめる
それは眼腕心臓に視線を注いで踊る女たち……

（アポリネール「戦争の驚異」）

あるいは巨大な飛行船が飛び、飛行機が空中戦を繰り広げる場としての空。ふたたびアポリネールを引こう。この生まれたての新技術に戦前からいち早く反応していた彼は、『カリグラム』（一九一八年）に飛行機を主題にした戦争詩をいくつか残している。なかでも「小さな自動車」にみられる次の一節は、空中戦が詩人の感覚を根底から変えたことを告げる。

想像を絶する高みで人は戦う
鷲が飛ぶよりも高く
人はそこで人と戦う
そして流れ星のように突如舞い降りる
ぼくは自分のうちに技巧に満ちた新たな存在が
あらたな宇宙を築いて並べるのを感じていた

アポリネールの興奮は、銃後の人々によっても共有された。というのも、航空技術の発達によって、都市の住民も空襲の危険にさらされることになったからだ。▼なかでも巨大な飛行船ツェッペリンの夜襲は、恐怖と好奇の入り混じった一大スペクタクルとして、パリの住民の耳目を引きつけたのである。

詩人自ら機上の人となった体験が作品となった例もある。ジャン・コクトー（図20）の長詩『喜望峰』（一九一九年）がそれだ。「撃墜王」とよばれた飛行士ロラン・ギャロスに捧げられたこの詩集で、彼は、飛行士と自分を新世界の冒険者として登場させ（彼は一九一四年末にギャロスの試験飛行に同乗していた）、飛行機のスピード、虚無や死ととなり合わせの浮遊感などを、当時のモダニズム詩人が好んで用いていた、非連続的なシンタクスと実験的なタイポグラフィーによって表現したのである。

▼大戦の四年間を通じて各国が保有する飛行機の数は数百倍にふくれあがり、また機体や投下される爆弾の性能も飛躍的に向上した。

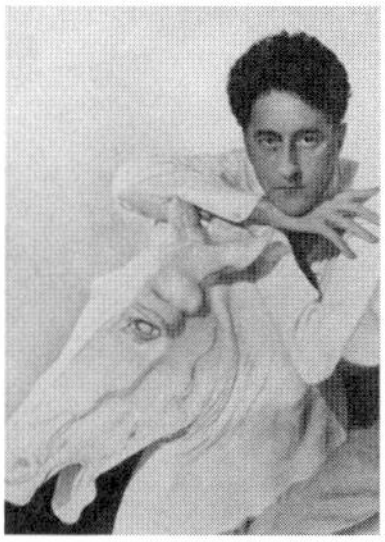
図20　ジャン・コクトー

わたしのなかには
機の熟した雷雨
この飼い馴らされた天変地異
家畜の電気溶解
アルプス山脈のひとつを巻き付ける
アネロイド気圧計を持って

未来派的なオノマトペや、造形的な活字に混じって見出されるこのような詩句は、コクトーが自らの飛行体験を、モダニズム詩学の助けを借りて自我のドラマへと昇華させたことを示すものである。

飛行機とならんで感覚の変容を決定づけたテクノロジーに、無線通信（当時はTSFと呼ばれた）がある。一九世紀末から発達してきた電話、無線、あるいはラジオといった新しい通信メディアは、戦前からモダニスト詩人の想像力を刺激してきた。とりわけマリネッティが「無線的想像力と自由な語」（一九一三年）のなかで、これからの詩は、「表面的な報告をする戦争リポーターや特派員に無線が課す無駄のない速さ」を目指して、形容詞や動詞の活用を廃止し、統辞法を無視したものになるべきだと主張していたことはよく知られている。

パリのモダニズムにおける無線の詩学は、エッフェル塔を抜きにしては語れない。一八八九年の万博にあわせて建設され、大きな話題を呼んだエッフェル塔は、一九〇四年以降無線通信のアンテナとして軍事利用されることになった頃から、無線の詩学のモチーフとなりはじめる。既にみたように、アポリネールは「地帯」でこの鋼鉄製の近代的モニュメントをうたっていたが、『カリグラム』所収の「手紙＝大洋」は、無線通信によって新たな地平をみせつつあった声の文化とエッフェル塔を結びつけた作品だ（図21）。

一方、「おまえの無線通信がつくりだす北極圏のオーロラでおまえは壮麗に輝く」と「塔」（一九一三年）と題された詩で書いていたブレーズ・サンドラールは、同じ詩のなかで、「私は塔でありたい」と、塔との同一化の欲望を表明していた。近代のシンボルであると同時に屹立する男性のシンボルでもあるこの塔は、男性的で直截な文体が魅力のこの詩人にふさわしい。サンドラールといえば、やはりエッフェル塔を好んでモチーフとしていたキュビスム画家のソニア・ドローネーとの共作になる『シベリア横断鉄道とフランスの少女ジャンヌ』（一九一三年）も忘れられない。これは、縦一九八センチ、横三六センチの掛け軸のような紙に、ドローネーのグアッシュ画とサン

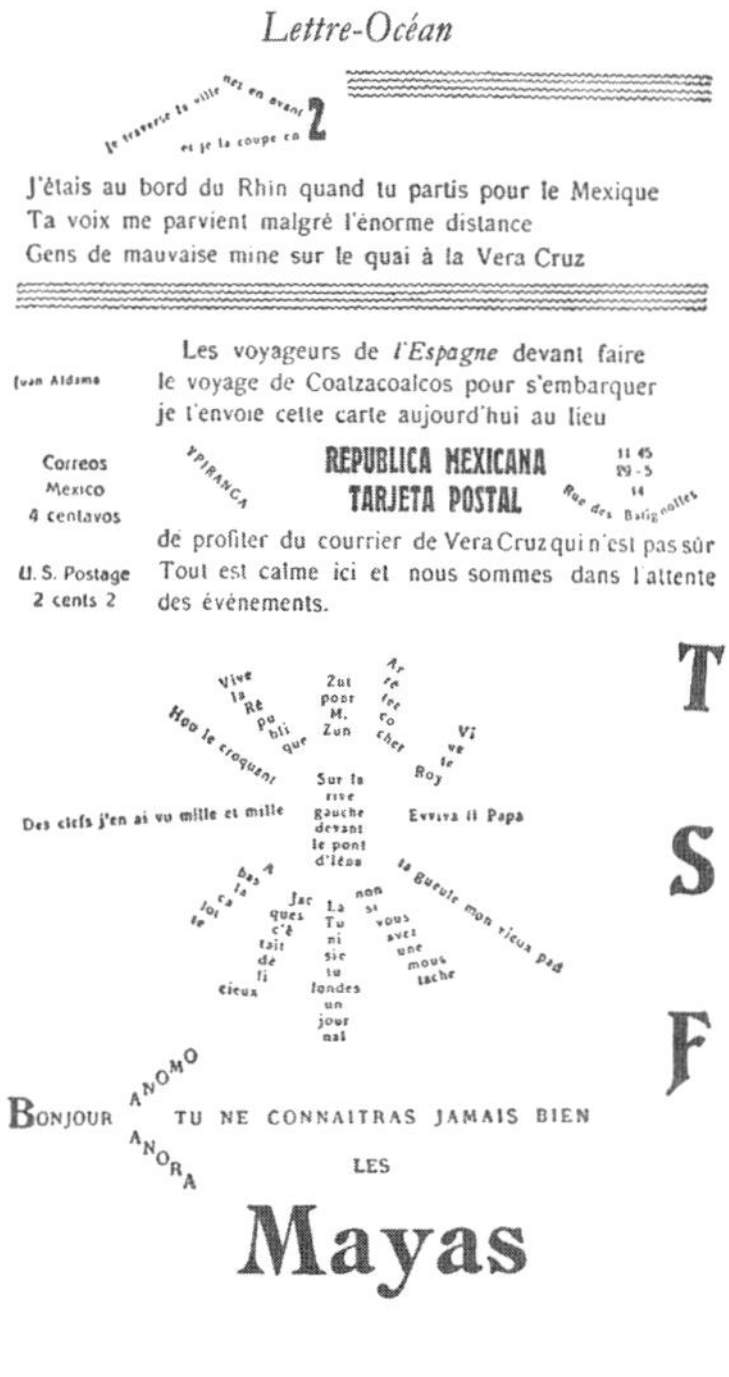

図21 「手紙＝大洋」（部分）。TSFと大きく縦書きにされた文字の左側に、太陽のかたちをしたカリグラムがある。その中心に見られる「イエナ橋前の左岸」とはエッフェル塔の所在地のこと。アポリネールは、エッフェル塔から無線通信を通じて四方八方に拡散する（あるいは集まってくる）言葉を描いている。

ドラールのテクストを配置して、線状の時間に沿って読み進む書物の形式を解体し、「初めての同時性の書物」をうたった実験作であるが、これを締めくくるのも、「唯一の塔と大きな絞首台と観覧車の都市」というエッフェル塔を意識した一句であった。また当時、サンドラールと「同時性」をめぐって争っていたアンリ＝マルタン・バルザンは、ひとつの舞台上に複数の声を「同時に」響かせるという一種のポリフォニーの詩学を「同時主義」として提唱していたが、彼もまた、無線の波に乗った言葉が世界を包んで重なり合うという想像力を共有していたのである。

そのエッフェル塔とTSFは、戦争突入後に重要な役割を果たしてさらなる注目を集めるようになった。無線通信の戦略的重要性を認識した陸軍省が、フランス国内に連絡網を整備し、エッフェル塔を情報戦の拠点としたのである。マルヌの戦い*での英仏軍の勝利、あるいは女スパイとして有名なマタ・ハリ*の逮捕の陰には、エッフェル塔で受信した情報や暗号があったといわれている。こうして通信アンテナとしての機能が、戦争を通じて次第にクローズアップされるにしたがって、エッフェル塔は、「大きな耳」あるいは「フランスの歩哨」などというあだ名を付けられ、親しまれるようになった。このような風潮のなかで、モダニストたちも無線の詩学を戦争仕様に仕立て直したのである。たとえばチリ出身の詩人で、大戦中パリに滞在していたヴィセンテ・ウイドブロが、『ノール・シュッド』第六―七号に寄せた作品は、情報を集め、プロパガンダ

マルヌの戦い（第一次マルヌの戦い）
一九一四年九月初旬にパリ東方のマルヌ川付近で行われた戦闘。開戦当初、パリに迫る勢いで進軍してきたドイツ軍をフランス軍はこの戦闘によって阻止し、ドイツが抱いていたシュリーフェン・プラン（まず西部戦線に兵力を集中させてフランス軍を撃破した後に東部戦線に戦力を差し向けてロシア軍にあたる作戦計画）を破綻させた。これ以降西部戦線は膠着状態に陥り、戦局は長期戦へと推移する。

マタ・ハリ
一八七六〜一九一七年。オランダ人のダンサー。本名はマルガレータ・ヘールトロイダ・ツェレ。アジア系の容姿を利用し、東洋風の舞踏を踊るダンサーとしてパリを中心に活躍する一方、高級娼婦として数多くの政治家や士官を相手とした。フランスにおいて二重スパイの容疑で逮捕、起訴され、一九一七年一〇月に銃殺された。

を発するエッフェル塔の姿をあますところなく伝えている。

エッフェル塔
空のギター

おまえの無線電信は
言葉を引きつける
バラがミツバチを引きつけるように
……

勝利の日
おまえは星々に叫ぶだろう

あるいはふたたび、アポリネールのカリグラムを見てみよう（図22）。このエッフェル塔を象った文字を翻訳すれば、「こんにちは世界／私は世界の雄弁な言語／その口は／おおパリよ／いつだってドイツ人を撃ちこれからも撃つだろう」となる。簡潔な叙情と造形的なイメージに愛国心を溶かし込んだウイドブロの詩に比べると、アポリネールのカリグラムは、形式的実験の上でも愛国心の発露の上でもさらに前衛的だ。そして世界に向けて言葉を発信する塔に

S
A
LUT
M
O N
D E
DONT
JE SUIS
LA LAN
GUE É
LOQUEN
TE QUESA
BOUCHE
O PARIS
TIRE ET TIRERA
TOU JOURS
AUX A L
LEM ANDS

図22　「第二砲兵操縦手」（部分）

「私」を同一化させる詩的な身ぶりもまた、アポリネールにふさわしい。

4 幻滅・喪失・断絶——戦争詩（二）

アンドレ・ブルトンは、アポリネールが戦時中にとった「順応主義」的な振る舞いに落胆したことを、アンドレ・パリノーとの対談で告白している。

当時の最悪の現実がここでは避けられており、もっとも正当な関心は本来の『カリグラム』において自由気ままに振る舞っている遊戯的活動のためにねじ曲げられていました。一方でこれ以上できないほど無分別に、彼の精神はその良い点を戦争の「舞台装置」のなかに見いだしたがっていたのです。戦争の恐るべき事実を前にして、アポリネールは幼年期への沈潜、望ましいお守りとはかけ離れた「再アニミズム」の意図によって反応していたのです。この方向で彼が再び見いだした偉大な成功がいかなるものであれ……、私としては彼の人格のなかで詩は試練を乗り越えられなかったのだと見ています。私の目にはこれが不十分なものと映りました。おそらくそれによって、私はまったく異なる次元からのメッセージに非常に注意を払うようになったのです（稲田三吉・佐山一訳『ブルトン、シュルレアリスムを語る』強調原文、ただし訳文は一部改変）。

生前のアポリネールと交流し、彼を深く敬愛していたブルトンが、これほどまでに辛辣に非難しているのは、詩人その人にもまして、彼が体現していた愛国的・好戦的な戦争文化である。ブルトンのように、これに違和感をおぼえた詩人たちは、当然のことながら存在した。彼らの一部は、ジュネーヴのロマン・ロランの周囲に集まって反戦・平和運動に身を投じた。ロランが序文を書き、ルネ・アルコ、ピエール＝ジャン・ジューヴ、シャルル・ヴィルドラックをはじめとする二四人の詩人の作品を集めたアンソロジー『反戦詩人たち』（一九二〇年）は、そうした運動の記録のひとつである。彼らは、「勝利はない／あるのは暗い敗北だけ」（ジューヴ）、「死者はただひとつの側にいる」（アルコ）、「ヨーロッパよ／私はおまえがこの錯乱の中で死ぬことを認めない」（ジュール・ロマン）など、メッセージ色の強い詩句によって、戦争の残酷さ、または資本や国家の論理に従って戦うことの無意味さなどを告発した。

だが、そのように明確な政治的態度をとらなかったモダニズム詩人の作品のなかにも、戦争の「恐るべき事実」に直面して、前節に見た熱狂的なモダニズム詩とは異質な響きを発している戦争詩がある。それらはいまだ、ブルトンが探した「まったく異なる次元からのメッセージ」とはなっていないかもしれないが（この点については次章を参照）、生々しい戦争体験の中でいまだ意味づけすることが難しい「事実」と、詩の言語との葛藤が感じられる。そのような戦争詩のいくつかを見てみよう。

『パラード』*や、『喜望峰』を準備していたコクトーは、これらキュビスムに影響された作品と並行して、『大いなる眠りの序説』（一九二五年）を執筆していた。コクトーを師のように慕っていたが戦死してしまった若い詩人、ジャン・ル・ロワの思い出に捧げられたこの詩集の基調をなしているのは、エピグラフに掲げられている「なんの翻訳かだって？　この死んだ言語、ぼくの友人たちが死んだこの死んだ国のだ」という言葉が示唆しているように、死と友情である。「大いなる眠り」とは、もちろん死のメタファーだ。この作品でコクトーは、眠りという一種の仮死状態を媒介にして、死に接近することを試みているのである。

　なかでも「訪問」と題された散文詩は興味深い。これはジャン・ル・ロワが戦死した直後、彼に向けて書かれたが完成されることなく終わった韻文詩を、数年後、大幅に改稿して出来上がった作品である。この改稿の過程で、コクトーはジャンの名を消去して詩により一層の普遍性を与えた他に、死を書くということに関して重要な改変を行っているのである。「ジャン、きみは今どこなのだ／姿を見せてくれ……／死は生の裏／互いに別の側になってしまったのだ／ぼくは、裏側同士のぼくたちを感じている／コインの表と裏のような」と、友人を失った悲痛が剝き出しの状態で表現される「初稿」が、「訪問」では次のようになる。

パラード
コクトーが台本を担当し、エリック・サティが音楽を、ピカソが衣裳と舞台装置を担当した一幕ものバレエ作品。ロシア・バレエ団によって一九一七年五月にパリのシャトレ座で上演された。振り付けはレオニード・マシーン。騒音を取り入れたサティの音楽や、キュビスムの意匠を凝らしたピカソの奇抜な舞台装置は、大きなスキャンダルを巻き起こした。

今、湖に戻った私は、その透明さに加わっている。私は私たちだ。あなた方は私だ。生者と死者は、コインの裏側と表側、積み木の各面に描かれた四つの像のように互いに近くて遠い。……私たちは空虚のなかで花開く。

生者の世界と死者の世界の遠さと近さを示すコインの比喩がそのまま残されているが、もはや叫ぶような声はない。それもそのはず、ここでは、死者が語っているのである。「君に告げなければならない大きな悲しい知らせがある。僕は死んでいる」という語り手の告白から始まるこの独白形式の詩は、輪郭と人格とを次第に失いつつある死者が、最後の言葉を伝えるために、眠りによって現実世界から離れた友人を「訪問」するという構成をとっている。こうして死者に言葉を与え、さらに死者（「私」）と生者（「あなた方」）の境界線を曖昧にすることによって、コクトーは、死者との同一化を演じ、詩の言葉に死を内在化させようとしているのである。また死者と生者がともに、「空虚」のなかで「花開く」といわれていることにも注意しよう。この言葉は、コクトーの詩学に関わってくるからだ。

詩は死に似ている。その青い目を私は知っている。それは吐き気を催させる。いつも空虚にちょっかいを出しているこの設計者の吐き気、それが詩人の本分というものだ。本当の詩人は、私たちのように、生者の目には見えない。

「詩句を作る」ことを意味する「詩の女神《ミューズ》にちょっかいをだす」という表現を踏まえ、「空虚にちょっかいをだす」ことが「詩人の本分」であると言われている。友人の死を書くことに向き合ったコクトーは、この吐き気を催させる空虚さのなかに詩の源泉を見出したのである。

サンドラールは、大戦で二重の喪失を経験した。ひとつは外人部隊で共に戦った仲間たちの戦死、もうひとつは自身の右腕の切断である（図23）。作家にとって最も重要な身体器官であった右腕を失い、傷病兵としてパリに帰還して間もない一九一六年に、彼がはじめて左手で書いた詩が、「リュクサンブール公園の戦争」である。

図23　外人部隊に入隊したサンドラール。この後右腕を失う。

だが「子供の歌」と名付けられたこの作品は、サンドラールの戦争体験を直接伝えるようには作られていない。というのも、詩人は、「私」という発話をすることがなく、パリの公園で戦争ごっこに興じている子供たちを眺める観察者として現れるからだ。

赤　それから死人を起こす
　　だれもが死人になりたがる
　　あるいは少なくとも負傷兵に
白　切れ切れ
　　腕を切れ頭を切れ

すべてを差し出す
赤十字　　　　　　　　　　　　　　青
看護婦たちは六歳
彼女らの心は感激でいっぱいだ

詩人による「語り」と子供たちの声がコラージュのように階層化されることなく並び、さらに同時性の手法、すなわちテクスト下段のフランス国旗を示す「赤白青」によって、多元的な性質がテクストに与えられている。サンドラール流のモダニズムがよく表れている一節であるが、この作品におけるモダニズムの詩法は、戦争と愛国的な戦争文化に対する詩人の両義的な態度を浮き彫りにしているように思われる。というのも「リュクサンブール公園の戦争」が愛国的な戦争詩であることは疑い得ないにせよ▼、表現と意味の断層を強調するような彼の詩法は、子供たちが発する好戦的な言葉（それはもちろん、教育とメディアの産物である）を美しく彩るというよりは、むしろそれらを相対化しているからだ。別の言い方をすれば、子供たちの戦争ごっこが無邪気であればあるほど、戦死した仲間への献辞によって暗示される「現実の」戦争の過酷さ、そして片腕を失ったばかりの詩人のアイロニカルな眼差しが強調されるのである。

ところで片腕を失って戦地から戻ってきたサンドラールは、戦時下のパリで、過去との断絶、そして新たな人間への生まれ変わりを詩的に演出した。一九一

▼この詩の後半、フランスが勝利する日を未来形で叙述する部分は、一九二〇年に出版された『叙事の書』という国威発揚を目的とする詩のアンソロジーに収められている。

七年の日付をもつ「世界の中心にて」という詩には、失った腕を「オリオン座」の輝きの中に位置づけ、神話化すると同時に、「私はもはや過去を持たない男。——ただ切り残された腕だけが痛む」と、過去を捨て、喪失した腕の痛みに同一化しようとする詩人の姿が描かれている。サンドラールがこのように書いたとき、彼の念頭には、戦争による「死と再生」への期待がついに現実のものになったという実感があったかもしれない。しかしそれは、文化の浄化、人間の再生という期待に応えるものだっただろうか。同じ詩に見られる次の一節は、そのような期待に対する幻滅を示しているようにみえる。

非現実的である以上の、細かく震える、この冷たくてどぎつい光の中で、
パリは自らの灰の中から再び現れる植物の
冷たくなった図像のようだ。悲しき模造。

大戦によってひとつの世界が決定的に失われたことは実感しているが、新しい相貌を見せつつある世界をどのように理解したらよいのか分からない。サンドラールが表現したのは、こうした戸惑いだったのではないだろうか。この感覚は、アンドレ・サルモン（図24）によって、戦争の直後により明確なかたちを与えられている。『人類の時代』（一九二一年）に収められた最初の詩編は、四〇歳になろうとしている「きみ」——すなわち一八八一年生まれのサルモン自

身と彼の世代の男たち——が、「何トンも／何トンもの爆薬を我慢強く破壊されるがままになっている古い世界の上に／ひっくり返してふらふら」になり、戦争に行く前の人間とは違う人間になってしまったばかりか、「きみの父親のような人間には決してならない」と予想することで、新しい「人類の時代」が開かれたことをアイロニカルに告げている。

そのような時代においては、詩もまた、過去の遺産とは切り離されざるを得ない。そのことをサルモンは、傷病兵から「人殺し！」とののしられるアポロンの姿に託して描いている。

彼の小脳のなかと両手の間で
近代の機械仕掛けでもある
近代詩の全体が
破綻する。
律動的な深淵のすべて
世界の韻律に従うリズムのすべてが
この完成されたハンマーが打つ太鼓の音と
大動脈のこの縫合と
機銃掃射を受けこの世の男の鷲鼻が接がれた農夫の資格を有したこの仮面とにたどり着くために。

図24　アンドレ・サルモン

進歩に信を置くモダニズムの自己破産宣告のような一節である。サルモンがこの「詩についての詩」で書いたのは、非人間的な殺戮と破壊をもたらす戦争が詩になるためには、それ自体が「破綻」しなければならないという詩の無力の告白であった。

5　現実を拒否する詩——チューリッヒのダダ

大戦という「恐るべき事実」が詩人たちに突きつけたのは、どのようにして詩が現実に対峙できるか、言い換えれば、プロパガンダなどによって文学の言葉が戦争のために動員されているときに、そのようなものには回収されない感情、あるいは現実に対する違和感を、文学を通じてどうやって表現できるかという問いである。戦争中、この問題に対する回答が最も先鋭的に現れたのは、中立国スイスの都市チューリッヒであった。

戦時中のチューリッヒは、何らかの理由で祖国から離れざるを得なかった亡命者たち——そのなかにはジェイムズ・ジョイスやレーニンもいた——が集い、一種異様な熱気を漂わせた無国籍都市となっていた。大戦という状況がつくりだしたこのふきだまりのような都市に、ドイツからやって来た演劇人フーゴ・バルが、一九一六年二月にキャバレー・ヴォルテールを開く。その目的は、「芸術上のことを自由に話し合うための中心点」を築くことであった。そこにルーマニアから戦争を逃れてやって来たトリスタン・ツァラ、マルセル・ヤンコ、ドイツ人のリヒャルト・ヒュルゼンベック、アルザス人ハンス・アルプらが集って始まったのが「ダダ」である（図25、図26）。

キャバレー・ヴォルテールに集まった彼らが共有していたのは、人々を戦争に駆り立てていた愛国的で好戦的な空気に対する幻滅と怒りである。バルは、はやくも一九一四年一一月に、「戦争で今突然現れてきたものは何かというと、それは機械仕掛の全貌であり、悪魔そのものなのだ。理想的な文句はピンで留められた小さなレッテルにすぎない。最後の地下要塞のなかまで、何もかも一切がぐらついている」（『時代からの逃走』）と、戦争の姿を見きわめて、スイスへの逃亡を企てていた（当時彼はまだベルリンにいた。開戦と同時に志願して西部戦線に送られたが、半月後には除隊していたのである）。またツァラも、『シュルレアリスムと戦後』（一九四八年）で「名誉、祖国、道徳、家族、芸術、宗教、自由、博愛、等々、人間の要求に応えるべく多くの観念があったのだが、それらは当初の内容を失っていたので、そこには形骸化した慣習しか残っていなかった」と大戦当時の状況を振り返っている。こうした状況に対し、「個人をみずからの本性に発する深い必然性に完全に密着させる」ために、芸

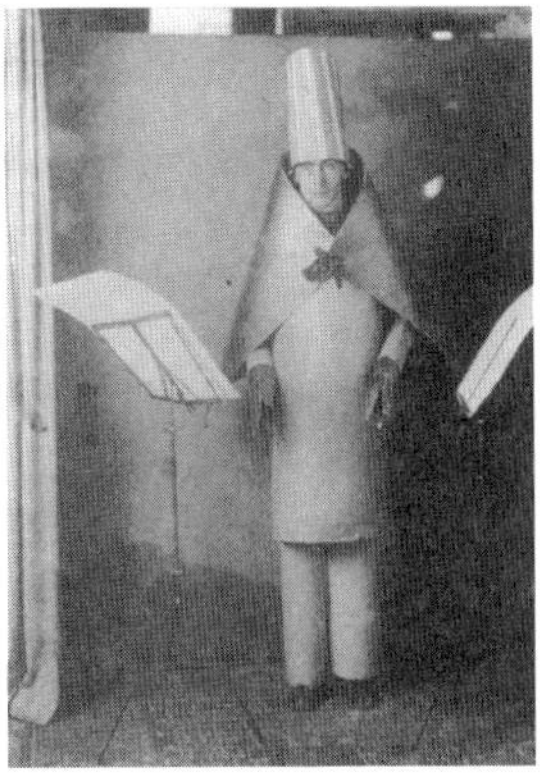

図25　音響詩を朗読するフーゴ・バル

図26　チューリッヒのハンス・アルプ、トリスタン・ツァラ、ハンス・リヒター（左から）

術運動を通して徹底的な「否」を叩きつけることが、彼の目的であった。

こうしたダダ的な拒否がはじめて体系的かつ実践的に表明されたのは、やはり一九一八年に刊行された『ダダ3』に掲載され、ツァラの名を一躍有名にした「ダダ宣言一九一八」であろう（図27）。ツァラのテクストが、ダダをそれまでのアヴァンギャルド運動と決定的に異ならせているのは、彼が、「宣言」という形式自体を否定してしまっている点である。言うまでもなく、アヴァンギャルド運動にとって、宣言は重要なジャンルである。運動体のメンバーは、宣言を通じて自分たちの芸術的、あるいは政治的運動の綱領を定め、運動を担う共同体を形成し、現実に参与しようとするからだ。それと同時に、運動体の先鋭的な性格が端的に表れる宣言は、それ自体が最良の「作品」でもある。だがツァラは、「私は宣言を書くが何も望まない。それでも私はなにごとかを言うが原則として宣言に反対だ。原則にもまた反対のように」と書いて、ダダ宣言を、宣言であることを否定する宣言、あるいは宣言のパロディとしてしまうのである。

パロディとなった宣言からは、なにが生じるだろうか。それは、宣言がもつポジティヴな効力の反転である。これがどのような意味をもつかは、未来派宣言を想起してみればよい。マリネッティがどれほど過激な現状否定を行ったとしても、それは否定された現実に代わる新しい美学や倫理を肯定的に創出するものであり、その実現を目指す「我々」の共同体を立ち上げるものであった。

図27 「ダダ宣言一九一八」が掲載された『ダダ3』表紙

それに対し、ツァラの「宣言」に見られるのは、否定による自己規定（「ダダハナニモ意味シナイ」）、徹底的な相対化のレトリック（「理想、理想、理想、知識、知識、知識、ぶんぶん、ぶんぶん、ぶんぶん。私がこう叫んだら、進歩や法、道徳……をかなり正確に記録したことになるのだ」）、破壊と否定の肯定（「みな叫ぶがよい。成し遂げるべき破壊と否定の大仕事があると」）、そして矛盾の肯定（「秩序＝無秩序、自我＝非自我、肯定＝否定」）である。つまり「ダダ宣言一九一八」は、もはや未来に向かって何か新しいヴィジョンを提出することもなければ、それによって現実にある一定の方向性を与えようとすることもなく、さらには自分自身をすら否定する運動としてダダを位置づけたのである。

未来派とダダを隔てるこのような戦略の違いについて、塚原史は、『言葉のアヴァンギャルド』（一九九四年）のなかで「未来派が否定しようとした『現状』は戦争のダイナミックな躍動によってたやすく『一掃』されてしまったから、彼らは大戦という新しい現実のなかで、絶対的な自己肯定を生きることができたのだった。しかし、ダダは戦争とともに生まれた。彼らをつつみこむ『現状』は破壊と殺戮そのものだったから、ダダの『否定と破壊』は自己をふくむ一切の存在への根源的な否定と不信の表現となるほかはなかった」と述べている。おそらくこの指摘通り、否定の徹底性、絶対性という点に、大戦がアヴァンギャルド運動の展開に与えた影響を見て取ることができるだろう。だがツァラのテクストを注意深く読んでみると、そこには別のかたちで戦争が精神に与えた影響が認められることに気づかされる。

大殺戮の後には純化した人類の希望が残っている。私はいつも自分のことを話している、というのも私は説得したくもないし、私の川に他人を連れ込む権利もない。私は誰にも自分についてくるよう強いはしない。天体の層へと矢のように上昇する歓喜、あるいは死骸と肥沃な痙攣が花咲く鉱山のなかに下降する歓喜を知っているなら、誰もが皆、自分のやり方で芸術を作ればよいのだ。……かくしてダダは、独立の必要と共同体に対する不信から生まれた。我々に属する人々は自由を保持する。我々はどんな理論も認めない。

ここに表れているのは、もちろん、「死と再生」の神話に対するダダイスト・ツァラの応答である。戦争という現実には嫌悪を示していたツァラであったが、「殺戮の後に人類は純化される」という観念を、彼もまた共有していた。ただし彼にとっての「希望」は、一切の共同性を拒否する個人主義と絶対的な自由というアナーキーな価値である。そして逆説的に響くかもしれないが、そのような価値の実現は、「芸術」において可能であるとツァラは考えていた。「貪欲な大衆まで届かない文学がある。作家の真の必要性から出て、彼のためにある創作家の作品だ」、あるいは「強くて真っすぐで、正確で、永遠に理解されない作品が我々には必要だ」という彼の言葉には、読者を煙に巻く意図は感じられない。ツァラは、「個人をみずからの本性に発する深い必然性に完全に密着させる」ために、芸術を「肯定」したのである。こうしてダダによって、芸術は、現実社会の制度としては全面的に否定される――それは言語自体に対する否定にまで及ぶ――と同時に、個人の内面的な自由のためには肯定されるという二重の運命を担わされることになった。反芸術は、他方で、絶対的な芸術を要請するのである。

おそらく第一次世界大戦の前と後でもっとも変わったのは、前衛芸術をめぐる状況であろう。アポリネールは休戦協定締結の二日前にスペイン風邪*で亡くなり、ルヴェルディは隠遁し、孤独の中で詩作をつづけ、サンドラールもあらゆる流派を離れて独自の道を貫く。こうして強力な導き手を失った「文学的キュビスム」の後継者たちは、『エスプリ・ヌーヴォー』(一九二〇～一九二五年)などに表現の場を見出すものの、彼らに代わって前衛芸術シーンを支配したダダとシュルレアリスムによって時代遅れのものとされるのである。

スペイン風邪
一九一八～一九一九年にかけて世界的に流行したインフルエンザ。死者の数は三〇〇〇～四〇〇〇万人と言われているが、大戦による死者とも重複するので特定することは難しい(五〇〇〇万人にのぼるという説もある)。

第5章　文学の動員解除

ダダイストたちによる「バレス裁判」

1　精神と知性をめぐる闘争

既に繰り返し述べたように、第一次世界大戦が文化にもたらした最大の経験は、総動員体制のなかでは、文化もまた「動員」されるということであった。それゆえ戦争直後の芸術家や思想家に、自らの社会的役割について考え直すことが課題として残されたことは、想像に難くない。それはまた、精神的な次元において戦争を「終わらせる」ための営みでもある。そこで本章では、「文化の動員解除」をめぐって戦争直後の数年間に文学者のあいだに見られた動きを見てゆくことにしよう。

知識人が独立した思想を放棄し、戦争に協力する文化を作り上げてしまったことに対する反省の上に立つのは、反戦・平和運動に与する作家たちである。既に触れたように、『砲火』で戦争の仮借ない残酷さを告発し、その後ARAC（退役軍人共和連合）を組織して、戦時中から反戦・平和主義運動の第一歩を踏み出していたバルビュスは、一九一九年五月、レーモン・ルフェーブルらとともに「クラルテ」運動を起ち上げて、「人民のインターナショナルと並行する思想のインターナショナル」を実現すべきことを訴えた。また彼は、同じ年に小説『クラルテ』を刊行する。この著作で彼は、大戦をより大きなタイムスパンのなかに置き直し、平凡な小市民である主人公が社会主義革命の意識に目覚めるきっかけとなる出来事として意味づけたのであった。

　バルビュスの運動があまりに雑多な人々の寄せ集めになっていると感じて「クラルテ」運動からは距離を取ったロマン・ロランは、一九一九年六月二六日の『ユマニテ』*紙に「精神の独立宣言」として知られることになるテクストを発表する。バルビュスを筆頭として、ジョルジュ・デュアメル、ジャン＝リシャール・ブロック、マルセル・マルティネといった作家や、アインシュタイン、バートランド・ラッセルといったやはり戦時中から反戦・平和への意志を表明していた各国の学者、あるいはドイツやオーストリアからハインリッヒ・マン、シュテファン・ツヴァイクらが署名していることからも理解されるように、これもまた、社会主義的な反戦・平和運動の側に立って国際的に連帯した知識人のアピールである。ここには、戦時中、知識人がとった行動について次のように書かれている。

　戦争は我々の陣営に混乱を投げ込んだ。知識人のほとんどが、彼らの学問、芸術、理性を政府のために奉仕させてしまった……。我々は誰も告発しようと思わないし、いかなる非難をしようとも思わない。我々は個々の人間の魂の弱さと、集団による大きな流れの原初的な強さを知っている。集団的な流れは個々人の魂を一瞬のうちに押し流した。というのもそれに抵抗するためのいかなることも予見されていなかったからである。少なくともこの経験が将来に役立たんことを！

『ユマニテ』 ジャン・ジョレスによって一九〇四年に創刊された社会党の機関紙。一九二〇年よりフランス共産党の機関紙となる。

知識人の戦争協力をこのように反省した上で、ロランは、唯一の「人類」のために「精神」に奉仕する国際協調主義を唱えたのであった（図28）。

一方、愛国主義の立場から、この宣言を「思想のボリシェヴィズム」と呼んで鋭く反対したのが、アンリ・マシスである。彼は、ロランの宣言が出された数週間後、自ら起草した「知性の党のために」という宣言を、『フィガロ』紙に掲載した（七月一九日）。「知性」は、右派知識人にとっての争点でもあるのだ。こちらに署名者として名を連ねたのは、心理小説の大家となっていたポール・ブールジェ、アクション・フランセーズの頭領シャルル・モーラス、それにフランシス・ジャム、エドモン・ジャルーといった作家である。伝統主義者、あるいはカトリシズムを信奉する作家の支持を受けたマシスの主張は、ロランやバルビュスによって普遍的な価値を示すものとしてつかわれた「知性」や「精神」という語に、フランスの威光を与えることであった。

l'Humanité
JOURNAL SOCIALISTE
La Guerre Expropriatrice
Un Appel
FIÈRE DÉCLARATION D'INTELLECTUELS
POUR LA SIGNATURE
L'Allemagne est invitée à faire connaître ses Délégués
RÉPONSE DU CARTEL INTERFÉDÉRAL
Jean Martin élu Président

図28 「精神の独立宣言」が掲載された『ユマニテ』

まずなによりもフランス人として、しかし同様に人間として、また文明の守護者として、我々が身を捧げようとしているのは、知性の伝導である。……勝ち誇るフランスは、精神の秩序においてその至高の地位を再び占めることを欲する。ただその秩序によってのみ、正当な支配が行われるのである。

憎しみを扇動する戦時中の愛国主義的な言説とは一線を画しながらも、マシスが展開しているのは、フランス的な文明の優位を説くおなじみの論理である。普遍的であるためにはまずフランス的でなければならない、と要約される彼の主張（これはアポリネールのテーゼでもあった）は、勝利を確実にするための議論でもある。事実、「精神の独立宣言」と「知性の党のために」をめぐる論争の背景には、大詰めを迎えたパリ講和会議とヴェルサイユ講和条約*の調印があったことを忘れてはならない。このときフランスは、「ドイツの脅威」を徹底的に取り除き、アルザス・ロレーヌ地方の回復に象徴される対独報復色の強い体制を構築する方向に向かうことで、戦争の「終わり」を準備している最中であった。こうした状況のなかでは、「文明」や「精神」といった普遍的価値の礎としてフランス文化が認められるまで、フランス人は精神的な武装解除を行わないというマシスの主張は、ひろく受け入れられたのであった。

2　証言から内面性へ――戦争文学の展開

戦争を「終わらせる」ための動きは、戦争を書いた文学の変化のなかにも見

パリ講和会議とヴェルサイユ講和条約　一九一九年一月一八日から開かれた、第一次世界大戦戦後処理のための国際会議。敗戦国とソ連を除いた二七カ国が参加したが、実質的にはアメリカ合衆国、イギリス、フランス、イタリアの四カ国によって主導された。この結果、六月二八日に調印された対ドイツ講和条約がヴェルサイユ講和条約である。ドイツの戦争責任を明記し、莫大な賠償金を課して軍備を厳しく制限したこの条約は、とりわけ英仏両国による対独報復の性格を色濃く帯びており、のちにナチズムが台頭する一因となった。

られる。

戦争文学は、戦争終結の影響をもっとも被った。ルポルタージュあるいは証言型の戦争文学は、一九一八年以降急速に人気を失っていった。ニコラ・ボープレの調査によれば、復員作家が自らの体験を描いた戦争文学の出版点数は、一九一七年の六八冊をピークに減少しつづけ、一九二〇年には一七冊にまで減っている。それまで出征作家の作品に与えられていたゴンクール賞が、一九一九年になるとプルーストの『花咲く乙女たちの陰に』に授与されたことも、こうした傾向を象徴していると言ってよいだろう。なおこのとき僅差で破れたのは、『砲火』とならぶ戦争告発文学として名高いドルジュレスの『木の十字架』であった。

このような戦争文学離れを背景として、文学者や批評家の口からは、戦争文学に対する失望が次第に表明されるようになる。

彼らの不満は、戦争が文学を再生させなかったどころか、検閲とプロパガンダに抑圧された粗悪な文学作品を生み出しただけではなかったか、という疑問に集約されると言ってよい。たとえば軍医としての経験をもとに、『犠牲者の生』（一九一七年）や『文明』（一九一八年）などの戦争文学を書いたジョルジュ・デュアメルは、一九二〇年一月にアドリエンヌ・モニエの書店で行った講演で、退廃した文学を「救済」あるいは「刷新」しなければならないとしていた戦前の風潮が単なる思いこみであったとしたうえで、戦争文学のほとんどが、戦争を美化するだけでなく、単純化してその全体像を安易に示そうとする「紋切り型の文学」に陥っていると批判したのである（図29）。

多くの人々と同様、デュアメルが戦場で学んだのは、まさに戦争がそのような紋切り型とは正反対のものだということであった。大量殺戮と機械の戦争は、叙事的な戦争表象、すなわち高貴な個人が戦いのなかで力と美徳を発揮するという戦争のイメージを、完全に時代遅れのものにしてしまったのである。そこで彼は、このような近代戦争の「真実」に触れえた文学を「証言の文学」と呼び、それを次のように定義する。「事実、こちらの方は、暗く、困惑させ、その論述においては不確かで、結論においてはまったく無口であるとは言わないまでも控えめです。それは孤立した事柄、問題の狭い概略を提示するのです。」デュアメルが見た戦争の「真実」とは、他ならぬ死である。「戦争の深い真実、それは戦場に埋められた一千万の頭蓋骨のなかで永久にまどろんでいます。ただ死者だけが、いまなお何かを知っているのです。生き残った人々は、どんなものによっても改変され、溶解させられてしまいそうなはかない記憶を締め付けているのです。」彼の言う「証言の文学」とは、その圧倒的な死の前に沈黙を余儀なくされ、不確かな状態に追い込まれた個人から生まれ出る文学である。

真の戦争文学が個人の文学であるということを、文芸批評家のアルベール・チボーデは、「内面性」という言葉で語っている。戦争文学を「質の文学というより量の文学」と評した彼もまた、戦争文学に対しては否定的な批評家であっ

図29　日本語に訳された『犠牲者の生』（木村太郎訳、白水社版）

た。戦時中の文学状況を振り返ったチボーデは、これまでに出版された戦争そのものをテーマにした戦争文学のほとんどには、主として「資料的」な価値か「実用的」な価値（国威発揚や兵士の劣悪な生活条件の告発など）しかないと述べて、その芸術性を否定する。彼の考えでは、戦時中に書かれた「真の」戦争文学は、逆説的なことに、戦争に背を向けて個人の内面のドラマを主題にした作品のなかに見出されねばならない。

かくして、本当の戦争文学は、内的生活の文学であろうと、極めてはっきりと言うことができるだろうし、また、当初からそのように予見できたように思われる。……人は自我の外に出るために読む。だが本質的に自我の外に出るような生活を送っているときには、自我のなかに立ち返るために読むのである（「戦時中の小説」、ＮＲＦ、一九一九年六月一日）。

デュアメルやチボーデの嘆きは、文学者の間ではひろく共有されていたのだろう。戦争末期から戦後にかけて、「内的経験」としての戦争を主題にした戦争文学が目立ってくるようになる。これらの作品で興味深いのは、戦争体験の「真実」を自己の内面に探求してこれを意味づけようとする姿勢が、しばしば形式や文体に対する探求に結びつく点だ。戦争文学は、物語を解体してリアリズム小説から離れ、詩的な散文とでもいうべき文体を獲得してゆくのである。

図30　ジャン・ジロドゥー

　そのような戦争文学の代表作として知られるのが、ジャン・ジロドゥー（図30）の『素敵なクリオ』（一九二〇年）である。これは、一九一四年に動員され、マルヌの戦いで負傷、さらに翌年にはダーダネルス作戦*に加わって再び負傷したジロドゥーが、自らの経験をもとに、戦時中から戦争直後にかけて書きつづった七つの物語を集めた短編集である。たしかにどれも自伝的な物語ではある。しかし、自伝的要素はしばしば土地の名前や状況の設定にとどまり、行為を示すべき物語は、語り手や主人公の夢想と独白に場所を譲って解体してしまう。そして戦争も、前面に現れた語り手あるいは登場人物の意識というフィルターを通して、ぼんやりとその姿を見せるだけになっている。この印象派的な技法を、いちはやくモネの絵やドビュッシーの音楽と比べたのはチボーデであった。

　たとえば「シャトールーの夜」は、虫垂炎で軍事病院に運び込まれた「私」の物語である。彼はその病院で、ミュンヘンでの留学時代をともに過ごし、その後長い間音沙汰がなかった旧友も同じ建物の中にいることを知る（シャトールーはジロドゥーが少年時代を過ごした場所で、ミュンヘン留学も伝記的事実）。だが二人とも床を離れられず、しかも友人は直ちに移送されることが決まっているので会うことはできない。そこで夜を徹した文通がはじまるのだが、そのやり取りのなかで、彼らは現在からはひたすら目を背け、もっぱら過去を呼び起こそうとするのである。あるいは突撃の朝の目覚めを描き、もっとも戦争の主題が明確な「セゴーの死、ドリジェアールの死」においても、戦争は、死を前

ダーダネルス作戦
イギリス海軍相チャーチルが主唱し、一九一五年四月から翌年一月にかけて行われた作戦。イギリスとフランス軍からなる連合軍は、ダーダネルス海峡西側のガリポリ半島に上陸し、オスマン・トルコの首都コンスタンティノープルに進軍する計画を立てたが、大失敗に終わる。

にしたふたりの登場人物による内的独白によって静かに語られるのみであり、その夢想のままに逸脱してゆく語りのなかに、ときに「夜は丸く透明だ。弾丸はその上に鋭く澄んだ呻き声をたてている。あたかも濡れた物憂げな指が夜の縁を撫でているかのように……」といった清澄なイメージが入り込む。

「おお戦争よ、許してくれ。そうできたときにはいつも、おまえを優しく撫でたことを……。」エピグラフに掲げられたこの言葉が示しているように、おそらくジロドゥーは、戦争のなかに人間的な次元を取り戻して戦争と適切な距離をとり、詩的な「素材」にしようとしたのであろう。その意味で『素敵なクリオ』は、『一九一九年から一九三九年のフランス小説における戦争と革命』（一九七四年）の著者モーリス・リウノーが指摘したように、すぐれて「動員解除の文学」であった。すなわち大戦勃発とともに一度中断した文学の伝統を再び取り戻し、文化によって戦争という悪夢を「お祓い」することを望んでいた人々の欲求に、この作品は応じていたのである。戦争文学は戦争という現実に重点を置いた戦争文学ではなく、芸術的価値を至上のものとする戦争文学でなければならないというわけだ。

一方、戦闘のただなかに飛び込んでゆく文学もある。サンドラールの『私は殺した』（一九一八年）は、攻撃前の連隊の緊張感、降りしきる砲弾の中の突撃、そしてついには肉弾戦となってナイフで敵を殺すまでの「私」の行動と感覚を、数ページの短い物語のなかに盛り込んだ詩的な散文だ。とはいえ「私」よりも、

「我々」という一人称複数（あるいは不定人称）が用いられることの多いこの物語は、語り手＝主人公の内面を感じさせるというよりも、むしろ彼の視点を借りて読者を集団行動に立ち会わせ、戦闘のカオスのなかにまきこむような印象を与える。またサンドラール特有の短く、息せき切ったような文体、そして現在形の語りによって、この物語が回想なのではなく、語りの時間と行為の時間が同一であることが強調されている。

このようにいわば意識の実況中継というような様子で語られる戦闘において、上空を砲弾が飛び交うなか攻撃に出た「私」は、その爆音に「天空の音楽。世界の呼吸」を聴きとる。こうして彼の意識は、次第に状況全体を包み込むようなものへと拡大してゆく。

水、空気、火、電気、レントゲン、音響、弾道、数学、金属工業、流行、芸術、迷信、ランプ、旅行、テーブル、家族、世界史は、私が着ているこの軍服だ。……十億の個人が一日分の彼らの活動と、力と、才能と、科学と、知性と、習慣と、感情と心を私に捧げた。そうして今日、私はナイフを手にしているのである。ボノのナイフ。「人類万歳！」

かつてエッフェル塔と同一化することを望んでいたモダニズム詩人は、いまや世界との同一化を経験し、その状態で敵と立ち向かい、その首にナイフを突き立てる。「私は詩人、現実感覚がある。私は行動した。私は殺した。生き延びたい人間として。」近代兵器の圧倒的な力に崇高さを感じている一兵卒が、あたかも偶然の恩寵のように人類全体を我が身のうちに感じ取って敵と戦う――『私は殺した』は、個人と個人がぶつかり合う叙事的な戦争の時代の名残と、大衆化され、機械化された戦争の時代の感性が融合した作品である。

戦争から距離をとろうとするジロドゥーと、極限体験のただなかに身を置こうとするサンドラールの間にあって異彩を放っているのが、ジャン・ポーラン（図31）の『熱心な戦士』（一九一七年）である。ポーランの文体は、ジロドゥーのように揺れ動く内面を示したものでもなければ、サンドラールのように機械化した巨大な世界と身体のリズムをシンクロナイズさせるものでもない。また言うまでもなく、戦争小説の紋切り型は周到に避けられている。この物語は、一九一四年のクリスマスに負傷したポーランが、そのときの経験をもとに書いた自伝的フィクションだ。周囲に合わせてなんとなく志願した一八歳の少年ジャック・マーストが、戦争を経験することによって自らのうちに芽生えた愛国心を「発見」する過程を描いた一種の教養小説と要約できるこの物語のなかで、ポーランは、戦争のさなかに書かれた小説としては驚くべき冷静さをもって、語り手でもある主人公に自分の心理を分析させているのである。

図31　ジャン・ポーラン

こうしてわたしたちはそれぞれ孤立し、自分に立ち返っていた。私には、この時の思考の態度を的確な表現で描写することは難しそうだ。それはむしろ、不安も、なんらの名前のついた感情もなく、ただ、外部のあらゆるもの、さらには抑揚、微笑、言葉の含みといったものから切り離されて別の平面の上に置かれ、最も底辺まで降りてゆくような感情とともに、自分を再認識する瞬間に似ていることによって、私の心を打っていた。この瞬間において避けることのできなかった反省は、記憶にしつこくつきまとったままでいる。

この小説の原稿を読んだ父親で哲学者のフレデリック・ポーランは、「作品の精神は、平和なときならたいへん受け入れられるものですが、現在必要とされている慣習においては十分ではありません」と危惧を表明した。戦争のただ中に書かれた息子の小説が、戦争という現実、そして愛国心に対しあまりに超然とした態度を取っていると見なされはしないかと考えたのだろう。しかしこの危惧は、他方で称賛となる。「あなたのご本を読んで、あなたとお知り合いになりたいという強い気持ちを抱きました。というのもこの書物が明らかにしている特質は、戦争によっては汲みつくされないものだからです」（一九一八年二月一六日付書簡）と、ポーランに「ファンレター」を送ったのはアンドレ・ジッドである。またアランも、『大戦の思い出』（一九三七年）のなかで、ポーランのこの小説に「自分の本当の肖像」を見出したと書いている。戦地に身を置くことで精神の独立を保ち、人間心理を鋭く分析した哲学者は、ポーランの知的な心理分析に共感したにちがいない。『熱心な戦士』は、現実の戦争の最中にあっても、精神的な動員解除が可能であることを示す例である。

3　純粋な芸術――『新フランス評論』

先に言及した戦争と文学をめぐる講演を、デュアメルは、芸術家に求められているのは、専ら「文学的な美」に仕えることであると主張して結んでいる。この言葉に典型的に表れているように、戦争文学に批判的な態度をとった作家や批評家は、芸術に固有の価値を認め、その自律性を強調するという姿勢を共有していた。ルポルタージュ型の文学を「資料的」あるいは「実用的」な文学であるとして一段下に置いたチボーデもそのひとりである。「文学の動員解除」はまた、文学のあり方、書くことの意味についての問いをも引き起こしたのである。

再出発の旗印に芸術の自律を掲げたのは、『新フランス評論』（NRF）である。アンドレ・ジッドとその仲間たちによって創刊されたこの雑誌は、大戦勃発とともに中心メンバーのほとんどを戦争に取られて休刊していたのであるが、一九一九年六月に、ジャック・リヴィエール（図32）を新編集長に迎えて復刊することとなった。この復刊号の巻頭に掲げられた一種の宣言的な記事のなか

図32　ジャック・リヴィエール

で、リヴィエールは、ＮＲＦが創刊当時に打ち出していた方針、すなわち時代の潮流に開かれつつも党派的に振る舞うことを拒み、純粋な文学的探求の場を作り出すという意図を引き継ぐことを表明しつつ、そのことが大戦後の社会においてもつ意味を十分に意識して、次のように書いている。

しかし、戦争によって我々全員が被った道徳的、心理的な鋳直しにもかかわらず、我々は、できるものなら以前よりも断固として、当初の意図に立ち戻ろう。我々は公平無私な雑誌を再び始めたいと思う。「まるで何もなかったかのように」ではなく、それぞれの次元において、特定の原則にのみ従うことによって、完全に自由な精神において判断し、創作し続ける雑誌を。

人によっては場違いであるように思われるかもしれないこの意図にむかうことを、なにが励ましてくれるのかと問われれば、率直にこう答えよう。それは、我々の目にはこのような雑誌がかつてないほど必要不可欠になっていると映っており、また戦争は多くの物事を変化させたが、文学は文学で、芸術は芸術ということだけは変えなかったということだ。……数百万人の死者を出したにもかかわらず、かつてと同じく今もある作品が美しいのは、絶対に内的な理由によること、そしてその理由を解きほぐすことができるのは、直接的な研究、作品との一種の取っ組み合いだけであるということは変わらない。

書くことは自律した営みであり、文学には「絶対に内的」な美の原理があることを強調することによって、戦争と文学とを切り離す意志をはっきりと打ち出したリヴィエールであったが、実のところ彼の考えは、ＮＲＦのメンバーによって共有されているというにはほど遠かった。もちろんリヴィエールは、作家が世俗的なことに一切関心を払うべきではないなどという主張をしているわけではない。大戦の経験は、作家が「象牙の塔」のなかに引き籠もることをこれまでになく許さない状況にしたということを彼は十分承知していたし、また、時事的、政治的な論考にも雑誌が開かれていたことは、ＮＲＦの目次を見れば一目瞭然である（図33）。しかしながら「政治なき作家でありつつ文学なき市民である」ことを理念として掲げ、政治の次元と芸術の次元を峻別することに固執した彼の「宣言」は、今は（あるいは「もはや」）自律美学など説くべき時ではないと考えるミシェル・アルノー、ジャン・シュランベルジェらによる激しい批判にさらされたのである。ＮＲＦの再出発をめぐって戦わされたこの論争は、戦争が精神と文化に残した傷跡の深さと同時に、芸術・文学のありかた、その社会との関係が大戦によって大きく変化したことを示すエピソードである。

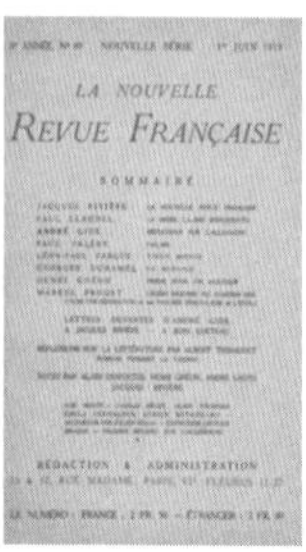

図33　『新フランス評論』復刊号表紙

4　動員解除のための動員――パリのダダ

戦場を経験した世代のなかでも、一八九〇年代に生まれ、大戦中に多感な人格形成期を迎えた若者たちは、独自の集団を形成している。ドリュ＝ラ＝ロシェル、セリーヌ、アルトー、そしてアラゴン、スーポー、ブルトン、エリュアール等々。政治的、あるいは美学的な立場を異にしてはいても、両大戦間期のフランス文学史において主要な登場人物となる彼らに共通しているのは、一種の虚無感とニヒリズム、そして父親世代に対する反逆の精神である。戦争直後の時期、彼ら怒れる若者世代の求心力となり、その攻撃的な感性を媒介したのがダダであった。

パリのダダが本格的に始動するのは、チューリッヒにいたツァラが到着する一九二〇年一月以降のことである。しかしツァラの到着は、いわばガスが充満した部屋にマッチが投げ込まれたようなもので、「ダダ的な精神」はそれ以前にもすでに蔓延していた（もちろん、戦時中からチューリッヒの運動の動向は伝えられていた）。この「ダダ以前のダダ」を象徴していたのが、ジャック・ヴァシェという人物である（図34）。

一九一六年、アンドレ・ブルトンはナントの病院に衛生兵として配属されていた。そこで彼は、シャンパーニュ地方での戦闘で負傷し、入院していたヴァシェに出会う。彼もまた、一八九五年生まれの若者だ。すぐに意気投合した二人は、文学や芸術について語り合うようになった。しかし、象徴派とモダニズムの影響の間で詩作を続け、パリの「文壇」とつな

図34　ジャック・ヴァシェ

がっていたブルトン、いわばフランス近代詩の正当な跡取りと目されていたブルトンに対し、そのような遺産とは離れたところにいたヴァシェは、文学についてまったく異なる見解を示して彼を驚かせたのである。すべてに「くそったれ」を投げつける『ユビュ王』の作者アルフレッド・ジャリを讃美するヴァシェは、その徹底したニヒリズムと諧謔的なユーモアによって、戦争中のアポリネールの愛国主義的な振る舞いに幻滅し、象徴派への回帰と見えた『若きパルク』に落胆していたブルトンにとって、「文学」の外部からやってきた「まったく異なる次元からのメッセージ」となったのであった。

ヴァシェは、社会秩序の中に組み込まれた制度としての文学・芸術を徹底的に否定する反抗者として現れた。そしておそらくブルトンの目には、彼が「書かない詩人」の極致、つまり、ひとたび完成するや作者の手を離れて流通してしまう芸術作品に背を向け、生そのものを詩——それは無為と諧謔という詩なのだが——として生きる詩人の典型に見えたはずである。興味深いのは、ヴァシェが体現しているこのような芸術作品否定の身振りが、後年ブルトンによって、大戦の状況と結びつけられていることだ。彼は、『失われた足跡』（一九二四年）に収められた「侮蔑的告白」のなかで、次のように述べている。「[戦時中は] 書くこと、考えることだけではもはや十分ではなかった。どんな代償を払っても、運動と騒音の幻想を自分に与えねばならなかったのだ。」

彼らの交際（とはいえ直接会ったのは数回に限られる）は、休戦協定後間もない一九一九年一月に、ヴァシェがアヘンの過剰吸引によって死亡することで突然断ち切られた。その死については事故死であったという説が有力であるが、ブルトンはあえて自殺説を採り、ヴァシェは自らの美的なニヒリズムに忠実に、最後は自分自身の手で自分自身を破壊したという「神話」を作りはじめたのであった。自殺において究極の「芸術作品」（あるいは反＝芸術作品？）を完成させた（反）芸術家ヴァシェ。彼が身をもって示した死の無根拠さ、無意味さは、百万を超える死者にしかるべき意味を見出そうと躍起になっていた社会にあって、どのような「意味」を持っただろうか。後述するバレス裁判のスキャンダル、あるいは『シュルレアリスム革命』第六号（一九二六年）に掲載されたポール・エリュアールの「戦死者の利用法」などがはっきりと示しているのは、公的権威によって死と死者に与えられる意味を拒絶し、そのことによって死者を幽霊のように常に身近に感じつづけるというダダイスト、そして後のシュルレアリストの選択である。

いずれにせよ、ブルトン、そして彼とともに「三銃士」と呼ばれたスーポーとアラゴンの精神的な動員解除は、ヴァシェが残した精神を組織的に展開することで、戦争に対し、そしてその戦争を引き起こした世界に対して拒否を突きつけることにあったといっても過言ではない。戦争文化とダダの関係を分析した歴史家のアネット・ベッケルにならって、それを「動員解除のための動員」と表現してもよいだろう。彼女が言うように、ダダは、「生まれ、繁栄し、死ぬために戦争を必要とした。戦争が彼らのアグレッシヴな詩が爆発する可能性そのものを与えたのだとしても、彼らは戦争を認めることができなかった。それゆえ彼らの動員は、社会的、文化的なニヒリズムを通じた動員解除の企てとなる」というパラドクスを抱えているのである。ヴァシェの死と前後してパリに到着した『ダダ3』に掲載されていたツァラの「ダダ宣言一九一八」は、彼らにとってヴァシェの「正しさ」を再確認する出来事であった。この否定と反逆の叫びに感激したブルトンは、ツァラに宛てて手紙を書き、まだ見ぬチューリッヒのダダイストに死んだ友人の姿を重ね合わせつつ、パリに来るよう呼びかけたのである（図35）。

一九一九年三月、「三銃士」は、かねてから望んでいた自分たちの雑誌『リテラチュール』を創刊した。ブルトンによれば、「文学《リテラチュール》」という雑誌の名前は、ヴァレリーがアイロニーを込めて提案したものであったが、彼はこれを、「反語」、つまり「反文学」を意味するものとして受け取った。事実、タイトルの両義性を示すかのように、「三銃士」は、ジッドやヴァレリー、ルヴェルディら当時を代表する作家の協力を得て、NRFと『ノール・シュッド』の若者版とでも形容できるような「趣味のよい」現代文学雑誌の誌面を作り出す一方で、ロートレアモン*の「詩」やヴァシェの手紙などを掲載して、モダニズムの伝統を断絶する意志も示していた。

『リテラチュール』が既存の文学雑誌とは異なる傾向をはっきりと示し始め

図35 『ダダ3』を手に変装するパリのダダイスト（左上から時計回りに、アンドレ・ブルトン、ルネ・イルサム、ポール・エリュアール、ルイ・アラゴン）

ロートレアモン 一八四六〜一八七〇年。ウルグアイの首都モンテビデオに生まれたフランスの詩人。本名はイジドール・デュカス。生前はまるのは、一九一九年の秋からである。戦時中、精神医学に接し、意識の検閲を経ない心の自動作用に興味を引かれていたブルトンは、スーポーと共同で、無意識からわき出る言葉を、美学的な顧慮を一切はらうことなくそのまま書き取るという「自動記述」の実験を行った。書く主体を受動的な記録器とし、二人の人間の声を区別がつかないほどに融合させるという意味で、自動記述は、個人が独創的な作品を創造するという近代文学の前提を覆す射程を持つ、文字通りの「実験」であったといえるだろう。その結果生じたテクストであり、後にブルトンがシュルレアリスムの原点と位置づける『磁場』の抜粋が、第八号（一九一九年一〇月）から連載されたのである。

もうひとつの注目すべき企ては、著名な作家数十人を対象になされた「あなたはなぜ書くのですか?」というアンケートである。この一見幼稚な問いを作家たちに投げかけることによって『リテラチュール』は、書くという営みに内在する価値がもはや自明ではないということを暴き、文学に対する不信感を表明しようとしたのであった。この質問はブルトンが後に述べているように、一種の「罠」である。真面目に答えれば愚劣になることを避けられない。その「罠」にかかった作家たちを、『リテラチュール』は容赦なくさらし者にした。なかでも「我々［＝『リテラチュール』編集部］の好みとは逆の順序で」並べられた回答の二番目に、アンリ・ゲオンが位置しているのは興味深い。NRF創刊者のひとりで、従軍中にカトリック信仰に目覚め『戦争から生まれた人

ったく知られることなく夭折した。暴力的なイメージの奔流のなかに膨大な文学作品のパロディやパスティッシュが入り込んだ散文詩『マルドロールの歌』と「詩」と銘打っているものの散文で書かれた一種の詩的なエッセイである『詩集』は、大戦中にブルトン、アラゴン、スーポーを魅了し、後にシュルレアリスムの源泉のひとつと見なされるようになった。

間』（一九一九年）を著したゲオンは、「かつて私は自分の喜びと栄光のために書いていました……、私には芸術に対する愛しかなかったのです。戦争がすべてを変えました。今では仕えるために書いています。神と神の教会とフランスに仕えるために……」と、きわめて誠実な回答をして、嘲弄の対象となったのであった。

さて、こうしたなかでツァラが到着し、騒々しく始まったパリ・ダダであったが、戦争文化は、短期間に終わったダダ運動の最終局面において、もういちど主要な問題として浮上する。一九二一年五月一三日に開かれた「バレス裁判」がそれである（本章扉参照）。

このダダ的模擬裁判の標的となったのは、もちろん銃後の愛国主義を代表する作家となっていたモーリス・バレスその人である。欠席したバレスの代わりに被告席についていた髭面のマネキン、半袖の外科医の白衣に赤い枢機卿の帽子を被った裁判長ブルトンの姿、そしてブルトンから投げかけられる質問を徹底的に愚弄し、最後にはダダの歌を歌って去ってゆく証人役のツァラのパフォーマンスなどは、お得意の自壊作用を含み込んだスキャンダルによって、ダダがバレスに、そして彼に象徴される軍国主義に突きつけた拒否の表現となっていた。さらにスキャンダルによる戦争文化の否定は、ドイツの無名兵士としてき会場に現れたバンジャマン・ペレが登場することによって頂点をなす。このとき会場は怒声とともに《ラ・マルセイエーズ》の合唱があがる騒ぎとなり、主催者は急いで幕を下ろさなければならなかった。

ブルトンが回想しているように、この時期、ダダの集会が既にややマンネリ化し、飽きられはじめていたとしても、このペレの「演出」は、ダダが当初持っていたスキャンダルの起爆力を想起させるのに充分な威力を発揮したであろう。というのも、「裁判」をさかのぼること約半年前の一九二〇年一一月一一日、凱旋門の下に設置された「無名兵士の記念碑」に、ヴェルダンから運ばれてきたひとりの兵士の遺骸が埋葬されるセレモニーが行われることで、戦死者に対する国家的な喪の作業が、新たな局面を迎えたばかりだったからである。一説によれば、一三七万人の死者のうち、身元が確認されなかった者の数は六〇万人にものぼるといわれる。そうしてみるとこの無名兵士の追悼式が、遺骸と対面することなく親しい者の弔いをせねばならなかった多くの人々の心の痛み、そして死にきれない兵士たちのやるせない思いを呼び起こす機会となったことは想像に難くない。事実、「裁判」に記事を割いた報道も、とりわけこの無名兵士の登場についてとりあげ、この行為がまだ生々しい死者の記憶に対する冒瀆であるとして、ダダイストたちを非難したのであった。

しかしながらブルトンとアラゴン、そして彼らと立場を異にしてはいたがドリュ＝ラ＝ロシェルがこの「裁判」に求めていたのは、単なるプロパガンダ作家の断罪ではなかった。むしろ他でもないバレスという作家であったがゆえに可能になった、ひとつの「犯罪」についての「真面目な」審理だったのである。

ブルトンは言う。「力への意志によって、若いときの思想とはまったく正反対の順応主義的な思想の擁護者となるにいたったひとりの男は、どの程度まで有罪と認めうるかを知ること、それが問題だったのです。」（『ブルトン、シュルレアリスムを語る』）。

実際のところ、もしバレスが単なる軍国主義の御用作家であったのならば、ブルトンたちは、髭面のマネキン人形をいたぶり、観客を挑発しただけで満足したことであろう。だがそれで済まなかったのは、彼らの糾弾が、『自我礼拝』*の作家としてのバレスに対する敬意に発していたからである。かつて社会の軛《くびき》からの解放と本来的な自我の発見を唱えることで、ダダ世代の若者たちにも大きな影響を与えたバレスが、いかにしてプロパガンダ作家となりえたのか、そしてそこには「裏切り」があるのか、あるとしたら、それをどのように裁くことができるのか――「裁判」の争点となっていたのは、「書くこと」と「行動すること」のあいだに渡された、作家の「倫理」の問いだった。作品を破壊し、文学を否定した後に浮上するこの倫理的次元に対する姿勢によって、ツァラを中心とするダダイストと、ブルトンを中心とする後のシュルレアリストたちは決定的に別れることになる。

自我礼拝
モーリス・バレスの初期の代表作。『蛮族の眼の下』（一八八八年）、『自由人』（一八八九年）、『ベレニスの園』（一八九一年）の三部からなる。

第6章　言語の不信
——ブリス・パラン『人間の悲惨についての試論』をめぐって

ジャン・ガルティエ＝ボワッシエール《勝利の行進》1919年　Collection BDIC-MHC

1　一九三〇年代の戦争論

大戦、あるいは戦争文化は、文学に何をもたらしたのだろうか。言うまでもないが、残り少ない紙数で戦争の影響について論じつくすことはできない。そこで最終章となる本章では、両大戦間期に書かれた一冊の書物を手がかりに、第一次世界大戦という視点から二〇世紀文学を考え直すためのひとつの視座を提示してみたい。とりあげるのは、ブリス・パランによって書かれた、『人間の悲惨についての試論』である（一九三四年、以下『試論』と表記）。

小学校教師の三男として、一八九七年にセーヌ・エ・マルヌ県の小村に生まれたパランが大戦を迎えたのは、教員養成のエリート校である高等師範学校へ入学するため、パリの準備学級に登録した時であった。兄のひとりを戦争で失い、自身も学業を中断して一九一六年から一九一八年までの約一年半を一兵卒として戦場で過ごした彼にとって、大戦は文字通りの「原体験」となる。その体験に正面から立ち向かい、大戦と戦後の歴史の意味を問い直した彼の処女作、それが『試論』である。この書物は狭義の文学作品でもなければ文学論でもない。ここに展開されているのは、戦後にフランス、あるいはヨーロッパ文明全体が陥っている危機についての考察である。しかしながらこれが文学を考える上で興味深い射程を持っているのは、パランがその危機を、言語の問題として捉えているからである。

『試論』は、大戦の産物であると同時に、それが書かれた一九三〇年代という時代の産物でもある。『試論』が出版された一九三四年前後は、戦争文学にとって重要な転回点のひとつである。ジャン・ジオノの『大いなる群れ』が一九三一年、セリーヌの『夜の果てへの旅』が一九三二年、ドリュ＝ラ＝ロシェルの『シャルルロワの喜劇』が一九三四年と、パランと同年代の戦争を経験した作家たちによって書かれた重要な作品が、この時期に相次いで出版されるのである。

一九一九年の末、彼らは二二、二三、二四歳であった。だが彼らの存在はそこからはじまるのであって、もはや知りもしない幼少期でも、引き離され、解き放たれ、足かせを外された良心や環境、勉強からでもない。彼らは何かに煩わされることも、支えられることもなかった。……彼らの習慣、押さえられた欲求、受け継いだ信心、学んだ考え、彼らをどうにかこうにか作り上げていたこうしたすべてはもろいもので、村々とともに、避難所とともに全滅してしまい、そこから彼らの青春が今この時とばかり現れていたのだ。ある集団のなかで炸裂する砲弾、それは人を殺すだけではなく、頭の中を空にして、その後ではなにも響かないようにしてしまうのである。

パランは自分たちの世代にとっての戦争の意義を、このように決定的な断絶の経験として位置づけている。死と隣り合わせの世界に投げ込まれ、爆音によって「頭の中を空」にされたという実感から人生を再始動しなければならなかった一八九〇年代生まれの若者たちが、その暴力的な「原体験」を内面化しはじめたのがこの時期だったということだろうか。自伝とフィクションの境界に位置するセリーヌやドリュ＝ラ＝ロシェルの作品が、「内的経験」としての戦争を描いていることは、偶然ではない。

だが一九三〇年代初頭に大戦を書くことには、もうひとつの力学が作用していることを忘れてはならない。国際連盟を中心とする国際協調主義の破綻が次第に明らかになり、世界恐慌やファシズム勢力の伸張などによって国際的な緊張が高まるにしたがって、「次の戦争」がリアリティをもって感じられてくるのがやはりこの時期なのである。両大戦間期の戦争文学を研究したモーリス・リウノーは、一九二九年から一九三三年を戦争文学に新しい歴史意識が浸透しはじめた「転回の年」としているが、たしかにこの時期には、「戦後」から「戦前」へと時代が移りつつある、あるいは大戦が終わり損ねたまま、次の世界戦争を準備しているという危機意識が見られた。このように切迫した状況が、戦後を振り返り、大戦をどのように位置づけるかという反省を知識人たちに迫ったのであろう。パランもまた、「次の戦争」をはっきりと見据えて次のように述べている。

我々は紛争に先立つ休戦に入っている。戦闘に加わり、車を押し、さまざまな要素の中の一要素となり、肩で一撃を食らわせるために、一四年来、家族や職業や自己愛を捨て、時折座ることを拒み、せり上がってくる悲しみをこらえたすべての者は今、時代を前にしてテーブルにつき、一四年間続いたこの長い遭難について反省しようという気になっている。だがそれは、犠牲者を讃美するためではなく、航海日誌を再構成して、そこから次の嵐に役立つ貴重な徴をすくい取るためである。

人は大戦から何も学ばなかったのだろうか、という苦々しい思いが透けて見える一節である。ではパラン自身は、大戦と戦後の歴史からどのような「徴」を読み取ったのだろうか。

2　言語不信の時代

一兵卒として戦場を経験したパランは、いわゆる帰還兵の怒り、すなわち戦場の現実を知らずに勝手な物語を紡ぐ銃後の人々、あるいは現実離れした命令を下す士官たちに対する怒りを共有していた。さらに、多感な人格形成期を戦場で迎えた若者として、年長世代に対する根強い不信感を抱くようになっていた。この不信感は、彼と同世代のダダイストたちと同様に、言葉に対する不信感となって表れる。「戦争は我々を言語の不信に導いた。それは年長者の遺言であった。なぜなら我々は彼らの言葉の犠牲者だったからだ。重い遺産だ。」

パランの「言語の不信」は復員後に一層強まった。一九一九年、一時は学業を放棄するつもりでいたものの、高等師範学校を受験して入学を許可された彼は、そこでふたつの驚きがあったことを、『ベルナール・パンゴーとの対話』（一九六六年）で語っている。ひとつは、四年間戦場にいつづけた年長の学生でさえもが、「ヴァカンスから帰ってきた」かのように振る舞っていたことである。自分よりもひどい経験をしたかもしれない彼らが戦争の影響を被っていないはずはないと考えたパランは、その理由を自問した末に、「彼らのなかには復員兵と学生という二つの人格がある」と結論づけざるをえなかった。

しかし彼をさらに困惑させたのは、教師たちの態度である。若者たちを大量死に追いやった大戦の影響は、高等師範学校においても例外ではなく、学生や出身者のなかに多数の犠牲者が出ていた。その残酷な事実や、また大きく変動する戦後の世界情勢に目をつぶるかのように、教師たちは戦争についてかたくなに口を噤《つぐ》んでいた、とパランは言う。あまりに多くの若者が無駄に殺されたという「一種の怪物じみた感情」を抱いて復員した彼には、こうした教師たちの沈黙を理解することができなかった。戦争などなかったかのように振る舞う仲間たちに対してと同様、その理由を考えていたパランはある日、次のような噂を聞くことになる。

やはり仲間の一人から聞いたことですが、私は本当だと思っています。とにかく聞いたことをそのままお伝えしますと、政治に関わる一種のプライベートな会議、ラヴィス、ランソン、セニョボスといった共和国の大教授たちが、状況を吟味するための集いがあったということです。ヨーロッパではあらゆるものがひっくり返っており、いたるところで革命が起きていました。そこでセニョボスはこう言ったようです。「フランスでは何も変わらないだろう。そもそも変えるべきものなどなにひとつない。」（『ベルナール・パンゴーとの対話』）。

戦争直後のフランスにおける精神状況が垣間見えるエピソードである。「我々は勝利した。だからそのままでよいのだ」という言説によって、戦後の動揺から目を背けようとする保守的な態度に対し、戦争とそれがもたらした結果に幻滅し、変革の必要性を感じていたパランは、当然のことながら違和感を覚え、反発したのであった。

このような不信感は、戦後の社会、とりわけ若者たちのあいだに蔓延していたものである。それを敏感に感じ取り、過激に表現したのがダダであったことは言うまでもない。しかしパランの独自性は、彼が戦中から戦後にかけての状況を通じて身をもって経験した「言語の不信」を、真理と言語の関係という形而上学的な問いとして考察しなおした点にある。戦争、あるいは戦争文化がもたらしたもの、パランの目に映ったそれは、言語から真理が失われ、その虚偽性が社会全体に広まってしまった事態である。どのようなことだろうか。以下、『試論』に展開されているパランの議論をまとめてみよう。

パランによれば、私たちは皆、幼児期に言語に対する不信を植え付けられる。たいていの場合は周囲の状況や大人たちに強いられることによって、人生のごく早い時期に、嘘をつくことを覚えるからだ。「少しばかり無理をすれば、舌を止めることなく、はいのかわりにいいえと言えてしまうことに気づくとは、子どもにとってどんなに恐ろしい発見だろう。」この「初めての嘘」体験は、一種のトラウマとなって残り続ける。言語を習得し、社会的な人間になるとは、虚偽となる可能性を言語が原理的にはらんでいることに気づき、言葉が人間の実存や現実と合致していないのではないかという不安を抱えて生きることと同義であるとパランは言うのである。それゆえ人は、言語活動を行うために、この不安を乗り越えなければならない。そこで必要とされるのが、言語活動の導き手となる超越的な審級、すなわち真理である。

人間とその言語による表現のあいだの同一性は、新生児の食欲や呼吸のようなものとして生まれつき与えられてはいない。それは個人の所産であり、それにたどりつくためには社会の協力が必要である。

言語における真理を、パランがどのようなものとして捉えているかが良く表れている一節である。まず確認しておかなければならないのは、真理は語彙や文法構造といった抽象的な言語の体系のなかにではなく、ある特定の主体によって話される言葉のなかに含まれているということである。「人間とその言語による表現のあいだの同一性」とは、そのことを意味している。またこの真理が、切り離すことのできない二つの側面を持つ、つまり個人的な言語活動と同時に社会的な言語活動にも関わると述べられていることにも注意しよう。そこから導き出されるのは、パランの言語論がなによりもまずコミュニケーションの思想であるということである。このことについて『新作家事典』でパランの項を執筆したアントワーヌ・ベルマンは、「言葉は真理の道具や中立的な媒介ではない。言葉はなによりもコミュニケートするもの、あるいはコミュニケートしようとするものである。真理は、このコミュニケーションのなかに存する」と述べている。的確な説明である。だからこそパランにとって、真理は、「認識論的なカテゴリーというよりも、倫理的でヒューマニズム的なカテゴリー」となるのである。

人と人とを結ぶ共同性の核となり、各人の言語活動を導くコミュニケーション的真理。言語の真理をこのように措定することで、パランが戦争の影響をどのように捉えていたのか、よりはっきりと見えてくるだろう。コミュニケーション的真理は、時代と共に変化する歴史的な真理である。かつては神が、その後は理性が、超越的な審級としてこの真理を保証する役割を果たしてきた、そうパランは言う（神から理性への移行は、一種の堕落の歴史であると考えられているのだが、ここではそれには触れない）。大戦はまさに、この超越的な審級としての理性を破壊したのである。

戦争は人間の上に、あるいは人間の内部に、しかし人間を支配するようにして審判する共同体の力が君臨しているという希望に対し、最後の一撃を与えた。子供の時、我々は、この力を頼りにすることで幸せだったものなのだが。

戦争を経て、理性という語からは、人々の合意や共通了解を可能にするべく作用する審級としての「普遍的」で「能動的」な意味が消えてしまった。理性という神話にとっては、それが「最悪」のことであったとパランは言う。その後でこの語に残されているのは、個々人の欲望を正当化する「弁護士」の役割でしかない。それゆえ戦後の歴史は、人間が内面性においても人と人との関係においても統一性と結びつきを失った「断絶」と「解体」の歴史となる。

三五歳を過ぎてもうすぐ四〇歳になろうとしている男たちにとっての戦争の歴史、戦後の歴史、戦後の人々の歴史、それは、人間と真理の、身体と理性の、思考と言語の断絶の歴史である。それは政党や社会階級や欲望や知性や人民における無数の、そして苦しい解体の歴史である。それは合理主義の失墜、数々の相対性への人間の断片化である。人は、これらの相対性が彼にではなく、彼の時代に関係していることを理解できずに、その断片のなかをさまよっている……。

統一性も真理も失われた戦後は、「論争」の時代であるとパランは診断する。『試論』の第二章が「論争の悪行」と題されていることに示されているように、パランにとって「論争」とは、決して建設的な議論という肯定的な意味をもつものではない。彼が思い描いているのは、必然性が根底から失われ、それを発する人間によっても信じられてはいない言葉だけが一人歩きし、ますます人間の生活を破壊することにしか役立たないような争いである。

3　沈黙と言語のアポリア

パランは戦場から、死を前にした身体の本能的な反応によって見出された「肉」の経験、あるいは「生」の経験を持ち帰った。「生にある素朴で絶対的なもの、死を前にしてすら生が見出す横溢」を教え、また「自分の身体と、それゆえ感情のなかに生まれ変わらせてくれた」ことについて、自分も含め、戦場を経験した多くの人々は、「熱烈な感謝」を戦争に捧げたと言うのである。

戦場がもたらしたこうした感情は、パランのもっとも抽象的な理論書である『言語の性質と機能についての探求』（一九四二年）にも、思索の出発点として位置づけられている。

我々は、戦争から帰還したときに、この茫然自失の状態を経験した。言説や書物への不信を長いこと実践することによって、ついに我々は、原初的な感情にまで引き戻されていたのであった。あたかも自分がたったいま生まれたばかりであるかのような全体的な歓喜の状態、あるいはあたかもいま現に死にかけているかのような自然な悲しみ以外の何ものでもないような状態、そのようなイメージも言葉もない瞬間においてのみ、我々は自分が夢を見ているのではないという確信を持つことができたのである。誕生でも、死でもないすべては、我々にとって、嘘と欺瞞が混入されているかのように見えたのであった。

「原初的な感情」という「生」の経験が、「嘘と欺瞞」である言葉の世界と対置されていることに注意しよう。事実パランは、戦場では生の現実と言葉が両立しないことを繰り返し強調している。『試論』で述べられているのは、言語か生かという二者択一を戦場で迫られたという経験である。

我々はそのときこう信じたのであった。選ぶ必要がある、記号と生の双方に仕えることはできず、生を生き、伝達するためには、言語に背を向けなければならない。というのも、生を創造し伝達するためには、言語が分離するものを結びつける必要があるからだ。

戦場で「人間的」でありつづけるためには言葉を捨て、さらにはそれに刃向かわねばならない、とパランは言う。「悲惨が塹壕のなかで作り出した我々のあいだの接触」を保ち、「嘘を超えて人間に信頼を置く」ことによって恐怖を克服する唯一の方法が、言語に対する反逆であったのだ。

また晩年になって書かれたエッセイである『ことばの小形而上学』（一九六九年）で取り上げられるのは、「存在することと言われたこと」とのあいだに引き裂かれている休暇中の兵士である。「彼にとっては何も真実ではない。前線について誰かが彼に話しているとき、彼に真実と思えるのは、静けさ、内面、家族生活だ。内面について誰かが話しているとき、彼に真実と思えるのは、泥であり、死である。」すべては言葉にされた途端に虚偽となり、その反対が真に思える。そのような二重性のなかにいながら、二つのことを同時に言うことができないために、「彼は黙る」。

ところで戦場において言語の虚偽と無力を感じたのは、パランだけではない。今あげた休暇兵の例を、彼が「古典的な例」と形容していることからもうかがい知ることができるように、「休暇兵の沈黙」は、戦争文学における重要なテーマ系のひとつを構成している。バルビュスが『砲火』において、前線と銃後のあいだにみられた言葉の差異を浮き彫りにしていたことを想起しよう。カフェでお上品な婦人の口から、戦争を美化する愛国主義的言説をたっぷりと聞かされたヴォルパットは、怒りで口がきけなくなった。また第5章で言及したデュアメルは、その戦争文学批判において、戦争の「真実」は死者の沈黙のなかにしか存在しないと述べていた。このような銃後の言説の饒舌さに対する抗議や死者への共感による沈黙に加えて、カリーヌ・トレヴィザンは、機械化された戦争の中に放り込まれ、自我を喪失するというトラウマ的経験による沈黙があることを指摘している。この種の沈黙もまた、バルビュスによって既に描かれている。大洪水をもたらした大雨の後、泥の中から立ち上がったパラディの口からは、「戦争全部について話そうってなると……何にも言わねえみたいなもんさ。そいつは言葉を押し潰す」というつぶやきが漏れたのであった。戦争は「それ」としか名指し得ない巨大ななにものかである。

経験の特殊性に見合う独自の表現を追い求めるがゆえに、紋切り型やレトリックを排除するあまり、ついには沈黙に至ってしまう休暇兵たちを、ジャン・ポーランは、『タルブの花』（一九四一年）において、「言語の病にかかったようだ」と言い表した。パランもまた、この「言語の病」に感染したひとりである。彼は、戦争をめぐるさまざまな言説を吟味した後で、それらがことごとく自らの経験とずれていると感じ、「戦争は戦争だ、自分で行ってみろ」という同語反復による説明拒否に陥る休暇兵の逸話を提示しつつ、そこから言語表象によっては、個別的な経験や対象に到達し得ないという結論を導き出した（『言語の性質と機能についての探求』)。おそらく彼は、沈黙あるいは非＝言語の世界に、個別性、あるいは人間性の根源が潜んでいると考えていたのである。

しかしながらパランが最終的に選択したのは、沈黙ではなく言語の世界に戻ることであった。『ことばの小形而上学』には、戦後、言語に対して屈折した感情を抱いた後に、この選択がなされたことが語られている。

私はコミュニケーションに、明晰さに、非個人性に賭けた。なぜならわたしはそこに必然性を見出したからであり、孤独は私を怖れさせたからである。この選択がなされたときのことを思い出す。それは戦争に続く数年のことだった。私はそれまで、自分の思考の規則として、次のように矛盾した公式を定めていた。それは非論理的である、ゆえに正しい、と。同時に私はこうも言い聞かせていた。「詩人にはなるな。そのためにはあまりに他人と離れなければならないから。」

矛盾律や非論理によって、言語の内部から言語を破産させようとしていた戦争直後のパランは、おそらくダダ的な感性を共有していたはずだ。しかし彼がダダに参加しなかったのは、「ダダは、独立の必要と共同体に対する不信から生まれた」と言うツァラに反して、永続する沈黙と言語の破壊に、非人間性にいたる危険を見出し、言葉によるコミュニケーションと共同体の形成を運命として受け入れたからであった。最後に『試論』から引いておこう。

内面的なものであっても、ただ沈黙するだけにしてみなさい。そうすればあなたは、身体のいくつかの欲望が強迫的なものになるまでどれほど肥大し、どれだけ社会的なものの概念を失うかわかるはずだ。……集団的な経験から切り離されたあなたは、腺や筋肉や神経に刻み込まれた経験しか保たず、逆上して、ほとんど狂っている。

しかしながらパランの選択を、言語に対する信頼の回復と捉えては単純に過ぎるだろう。生涯にわたって言語の存在論的な問いを繰り返し問いつづけた彼の知的な軌跡自体が、そのように考えることを禁じている。「言葉によって破壊された人間の廃墟」から出発したパランにとって、言葉は、生を裏切るというアポリアを抱えながら、それでもなお発せられなければならないものであった。真理が欠如した時代に、いかにして語ることができるのか。言葉が共同性の核であることを信じられなくなってしまった時代に、いかなる「社会的なもの」が可能であるのか。大戦と戦後の歴史がパランに突きつけた問いは、戦後の文学全体が引き受けなければならなかった問いでもある。

参考文献

Agathon（Henri Massis et Alfred de Tarde）, *Les Jeunes gens d'aujourd'hui*, Paris, Pion, 1913.

Alain, *Les Passions et la sagesse*, Paris, Gallimard, « Bibliothèque de la Pléiade », 1960.

Apollinaire, Guillaume, *Œuvres poétiques*, Paris, Gallimard, « Bibliothèque de la Pléiade », 1965.

Apollinaire, Guillaume, *Œuvres en prose complètes* II, Paris, Gallimard, « Bibliothèque de la Pléiade », 1991.

Aragon, Louis（édition établie par Marc Dachy）, *Projet d'histoire littéraire contemporaine*, Paris, Gallimard, 1994.（ルイ・アラゴン著、マルク・ダシー編〔川上勉訳〕『ダダ追想』萌書房、二〇〇八年）。

Audoin-Rouzeau, Stéphane et Becker, Annette, « Violence et consentement : la « culture de guerre » du premier conflit mondial », in Rioux, Jean-Pierre et Sirinelli, Jean-François（dir.）, *Pour une histoire culturelle*, Paris, Seuil, 1997, pp. 251-271.

Audoin-Rouzeau, Stéphane et Becker, Jean-Jacques（dir.）, *Encyclopédie de la Grande Guerre 1914-1918*, Paris, Bayard, 2004.

Audoin-Rouzeau, Stéphane, *La Guerre des enfants 1914-1919*, Paris, Armand Colin, 2004.

Bally, Charles, *Le Langage et la vie*, Genève, Droz, 1965.（シャルル・バイイ〔小林英夫訳〕『言語活動と生活』岩波書店、一九七四年）。

Barbusse, Henri, *Le Feu : Journal d'une escouade*, Paris, Gallimard, coll. « folio plus classique », 2007（1916）.（ア

ンリ・バルビュス〔秋山晴夫訳〕『砲火』三笠書房、一九五四年）。
Benjamin, René, *Gaspard : Les soldats de la guerre*, Paris, Arthème Fayard & Cie, 1915.
Beaupré, Nicolas, *Écrire en guerre, écrire la guerre : France, Allemagne 1914–1920*, Paris, CNRS Éditions, 2006.
Becker, Annette, « Créer pour oublier? Les Dadaïstes et la mémoire de la Guerre », in coll., *Démobilisations culturelles après la Grande guerre*, Paris, Noesis, 2002, pp. 128–143.
Becker, Jean-Jacques, *1914 : Comment les Français sont entrés dans la guerre*, [s. l.], Presses de la fondation nationale des sciences politiques, 1977.
Becker, Jean-Jacques, *La Première Guerre mondiale*, Paris, Belin, 2003.
Becker, Jean-Jacques (dir.), *Histoire culturelle de la Grande Guerre*, Paris, Armand Colin, 2005.
Blumenkranz-Onimus, Noëmi, « « Montjoie ! » ou l'héroïque croisade pour une nouvelle culture », in Brion-Guerry, Lilianne (dir.), *L'Année 1913*, tome 2, 1971, Paris, Klincksieck pp. 1105–1116.
Bonnet, Marguerite (éd.), *L'Affaire Barrès*, Paris, José Corti, 1987.
Breton, André, *Entretiens*, Paris, Gallimard, coll. « Idées », 1962.（アンドレ・ブルトン〔稲田三吉・佐山一訳〕『ブルトン、シュルレアリスムを語る』思潮社、一九九四年）。
Cendrars, Blaise, *Du monde entier au cœur du monde : poésie complètes*, Paris, Gallimard, coll. « Poésie », 2006.
Cendrars, Blaise, *Œuvres complètes* 4, Paris, Denoël, 1962.
Cocteau, Jean, *Le Cap de Bonne-Espérance*, suivi de *Discours du Grand Sommeil*, Paris, Gallimard, coll. « Poésie », 1967.
Colette, *Œuvres* II, Paris, Gallimard, « Bibliothèque de la Pléiade », 1986.
Cru, Jean-Norton, *Témoins*, Nancy, Presses Universitaires de Nancy, 2006 (1929).

Dagan, Yaël, *La* NRF *entre guerre et paix 1914–1925*, Paris, Tallandier, 2008.

Décaudin, Michel, *La Crise des valeurs symbolistes 1895–1914*, Genève-Paris, Slatkine, 1981(1960).

Duhamel, Georges, *Guerre et littérature*, Paris, A. Monnier et Cie, 1920.

Fernandez, Consuelo, « Jean-Richard Bloch, un socialiste dans la guerre », in coll., *Guerres mondiales et conflits contemporains : La littérature et la guerre de 1914–1918*, Paris, Institut d'Histoire de la Défense, 1994, pp. 123–133.

Giraudoux, Jean, *Adorable Clio*, Paris, Éditions Grasset & Fasquelle, 1939.

Gourmont, Rémy de, *Pendant l'orage*, Paris, Mercure de France, 1926.

Lista, Giovanni (éd.), *Futurisme : Manifestes, proclamations, documents*, Lausanne, L'Âge d'Homme, 1973.

Marinetti, Filippo Tommaso, *Le Futurisme*, préface de Giovanni Lista, Lausanne, L'Âge d'Homme, 1980.

Marinetti, Filippo Tommaso, *Critical Writings*, edited by Günter Berghaus, translated by Doug Thompson, New York, Farrar, Straus and Giroux, 2006.

Martin du Gard, Roger, *Œuvres complètes* I, Paris, Gallimard, « Bibliothèque de la Pléiade », 1955.

Parain, Brice, *Essai sur la misère humaine*, Paris, Bernard Grasset, 1934.

Parain, Brice, *Recherches sur la nature et les fonctions du langage*, Paris, Gallimard, coll. « Idées », 1942.（ブリス・パラン〔三嶋唯義訳〕『ことばの思想史』大修館書店、一九七二年）。

Parain, Brice, *Entretiens avec Bernard Pingaud*, Paris, Gallimard, 1966.

Parain, Brice, *Petite métaphysique de la parole*, Paris, Gallimard, 1969.（ブリス・パラン〔篠沢秀夫訳〕『ことばの小形而上学』みすず書房、一九七三年）。

Paulhan, Jean, *Œuvres complètes* I, Paris, Gallimard, 2006.

Prochasson, Christophe et Rasmussen, Anne, *Au nom de la patrie*, Paris, Éditions la Découverte, 1996.

Psichari, Ernest, *L'Appel des armes*, Paris, Éditions Louis Conard, 1948.

Raymond, Marcel, *De Baudelaire au surréalisme*, Paris, José Corti, 1978.（マルセル・レイモン［平井照敏訳］『ボードレールからシュールレアリスムまで』思潮社、一九七四年）。

Riegel, Léon, *Guerre et littérature*, Paris, Klincksieck, 1978.

Rieuneau, Maurice, *Guerre et révolution dans le roman français de 1919 à 1939*, Genève, Slatkine, 2000（1974）.

Rivière, Jacques, *Études*（*1909-1924*）, Paris, Gallimard, 1999.

Rolland, Romain, *Au-dessus de la mêlée*, Paris, Librairie Paul Ollendorff, 1915.（ロマン・ロラン［宮本正清他訳］『社会評論集（ロマン・ロラン全集18）』みすず書房、一九五九年）。

Salmon, André, *Carreaux*, précédé d'extraits de *Créances*, Paris, Gallimard, coll. « Poésie », 1986.

Silver, Kenneth E., *Esprit de Corps. The Art of the Parisian Avant-Garde and the First World War, 1914-1925*, Princeton University Press, 1989（trad. fr. *Vers le retour à l'ordre : l'avant-garde parisienne et la première guerre mondiale 1914-1925*, Paris, Flammarion, 1991）.

Tadié, Jean-Yves（dir.）, *La Littérature française : dynamique & histoire* II, Paris, Gallimard, 2009.

Takahashi, Haruo（éd.）, *Correspondance, Jean-Richard Bloch, Marcel Martinet*（*1911-1935*）, Tokyo, Éditions Université Chuô, 1994.

Thibaudet, Albert, *Réflexions sur la littérature*, Paris, Gallimard, coll. « Quatro », 2007.

Tonnet-Lacroix, Éliane, *Après guerre et sensibilités littéraires*（*1919-1924*）, Paris, Publications de la Sorbonne, 1991.

Trévisan, Carine, *Les Fables du deuil*, Paris, P. U. F., 2001.

Tzara, Tristan, *Œuvres completes*, tome 1, 1912-1924, Paris, Flammarion, 1975.

Valéry, Paul, *La Jeune Parque, L'Ange, Agathe, Histoires brisées*, Paris, Gallimard, coll. « Poésie », 1974.

Winock, Michel, *Le Siècle des intellectuels*, Paris, Seuil, 1999.（ミシェル・ヴィノック［塚原史他訳］『知識人の時代』紀伊國屋書店、二〇〇七年）。

エクスタインズ、モードリス（金利光訳）『春の祭典——第一次世界大戦とモダン・エイジの誕生』新版、みすず書房、二〇〇九年。

桜井哲夫『戦争の世紀——第一次世界大戦と精神の危機』平凡社新書、一九九九年。

サヌイエ、ミシェル（安堂信也他訳）『パリのダダ』新装復刊版、白水社、一九七九年／二〇〇七年。

清水徹『ヴァレリー——知性と感性の相克』岩波新書、二〇一〇年。

ジョル、ジェームズ（池田清訳）『第一次世界大戦の起源』改訂新版、みすず書房、一九九七年／二〇〇七年。

田之倉稔『イタリアのアヴァン・ギャルド——未来派からピランデルロへ』新装復刊版、白水社、一九八一年／二〇〇一年。

ツヴァイク、シュテファン（原田義人訳）『昨日の世界Ⅰ』みすず書房、一九九九年。

塚原史『言葉のアヴァンギャルド——ダダと未来派の二〇世紀』講談社現代新書、一九九四年。

塚原史『ダダ・シュルレアリスムの時代』ちくま学芸文庫、二〇〇三年。

バル、フーゴ（土肥美夫・近藤公一訳）『時代からの逃走——ダダ創立者の日記』みすず書房、一九七五年。

山口俊章『一九二〇年代——状況と文学』中公新書、一九七八年。

あとがき

最初はひとつの世代のタブローを描こうと思っていた。本文中でも触れたように、一八九〇年代、特に一八九五年から一九〇〇年にかけて生まれた作家の顔ぶれには錚々たるものがある。ブルトン、アラゴン、エリュアール、らシュルレアリスムの中心人物はみなそうだし、その周辺にはツァラ、バタイユ、アルトー、ドリュ＝ラ＝ロシェルらがいる。さらにはジオノ、モンテルラン、セリーヌ……いずれも二〇世紀を代表する小説家であり、詩人である。文学史における二〇世紀を切りひらいた作家と言っても過言ではない。そして彼らのなかには、大戦を「原体験」として経験した者が少なくないのである。もちろん全員が前線に赴いたわけではなく、戦争に対する関わり方もそれぞれ異なっている。しかし彼らの経験をひとつの共通分母として抽出することによって、共同研究班のテーマのひとつでもある、大戦が生み出したとされる「現代性」にアプローチすることができるのではないか、ひいては通常ほとんど一緒に論じられることのない作家を関連づけることによって、二〇世紀のフランス文学史を新たな角度から理解する視座を得ることができるのではないか、そのように考えていた。

しかしながら当時の文学作品や研究書を読み、また研究班で議論を重ねるうちに、この目論見について疑問を抱くようになった。私の見方はあまりに「戦後」を意識したものであり、怒れる若者とか科学と進歩への幻滅とか不信の時代のニヒリズムとかいった、いわゆるロスト・ジェネレーション的な紋切り型に影響されすぎているのではないか。これではかえって大戦の実態を見失いかねない。あるいは大戦が作家たちの精神に深い刻印を残したとして、その影響は、必ずしも戦争を主題にした作品のなかにのみ現れるわけではない。ほんとうに重要なことは、作家が戦時の経験を内面化したあとで、一見それとわからないようなかたちで現れるのではないか。考えてみれば当たり前のことかもしれないが、音楽史や美術史同様、文学史においても、重要な出来事は戦争の前か後に起きているのである。芸術史において大戦を扱うことが難しい理由の一端はそこにある。

　ではいったい、文学史において大戦はどこにあるのだろうか。それを理解するためには、まずはやはり、芸術的には不毛の時代と言われる戦時中の状況に正面から向き合い、そのとき何が起こっていたのかを明らかにする必要があるだろう。そう考えて本書の構成を練り直した。ただし、いわゆる戦争文学論にはしたくなかった。あくまで文学的な感性や、文学をとりまく社会的な条件が、戦争によってどのような変化を被り、その状況に作家たちはどのように向き合ったのかという点に狙いを定めたかったからだ。別の言い方をすれば、文学にとって大戦とは何だったのかという問いと、大戦にとって文学とは何だったのかという問いが交差する点に焦点を当てたかった。このように当初の目論見を軌道修正してゆくなかで出会ったのが、歴史学で提唱された「戦争文化」という考え方であり、それを自分なりに解釈して書かれたのが本書である。

　しかし言うまでもないが、これによって戦時中の文学状況とその意義を論じ尽くしたわけではまったくない。本書はあくまで問題提起の書であり、ひとつの出発点である。文学史的な断層と社会史的な断層の関係、戦争文学というジャンルの展開とその影響、大戦を境にしたアヴァンギャルドの方向転換、文学者の政治参加の問題、そして言語不信の思想の射程等々、本書で提起した問題を深めてゆくのはこれからの課題である。その作業の中から、二〇世紀の「原体験」としての大戦の意味を少しずつ明らかにしてゆければと願っている。

それにしても、いかに中間報告的な性格を持つとはいえ、初めての著書が概説書になるとは思ってもみなかった。その問題に関しては既に一家言ある専門家が、大所高所から一般読者に向かって平易に語りかける書物というのが、概説書に対して私が持っていたイメージだからだ。だから正直、焦った。私のような駆け出しの研究者が、概説書なんか書いて良いのか。こんなことになってしまったのも、半分は確固たる業績を積んでいない私の怠慢によるのだが、もう半分は未熟者でも容赦なく「動員」し、戦線に送り込む人文研の共同研究班のせいである。限りなくストレスフルだが限りなく刺激的な経験をさせてもらっていることを、文字通り有り難く思いたい。本書が読むに耐えるものになっているとすれば、それはひとえに研究班の仲間のおかげである。そして感謝といえば、もちろんもう一人の方のお名前をあげなければならない。人文書院の井上裕美さんは、慣れぬことばかりで戸惑う私を、常に和やかに励ましてくれた。深く感謝申し上げる。

二〇一一年一月

久保昭博

1919	3.	ブルトン、アラゴン、スーポーが『リテラチュール』を創刊
	6. 1	NRF 復刊
	6. 26	ロマン・ロラン「精神の独立宣言」を『ユマニテ』に発表
	6. 28	ヴェルサイユ条約調印
	7. 19	アンリ・マシス「知性の党のために」を『フィガロ』に発表
	8. 1	ヴァレリー「精神の危機」を NRF に発表
		主な作品作品
		ロラン・ドルジュレス『木の十字架』
		アンドレ・ジッド『田園交響楽』
		マルセル・プルースト『花咲く乙女たちの陰に』（ゴンクール賞）
		アンドレ・ブルトン、フィリップ・スーポー『磁場』
1920	1. 17	ツァラのパリ到着とパリ・ダダの開始
	11. 11	凱旋門にて「無名兵士」のためのセレモニー
		主な文学作品
		アンリ・ド・モンテルラン『朝の交替』
		モーリス・バレス『大戦時評』
1921	5. 13	ダダイストによるモーリス・バレス裁判
		主な文学作品
		アラン『マルスあるいは裁かれた戦争』
		アラゴン『アニセまたはパノラマ』

1916	7. 1	ソンムの戦い（-11. 18）
	11.	**ロマン・ロラン、1915年度のノーベル文学賞を受賞**
		主な文学作品
		アンリ・バルビュス『砲火』（ゴンクール賞）
		アドリアン・ベルトラン『大地の呼びかけ』（1914年度ゴンクール賞）
1917	1.	フランスで初めての大規模なストライキ
	3.	**ピエール・ルヴェルディ『ノール・シュッド』を創刊**
	3.	**アンリ・バルビュス、ポール・ヴァイヤン＝クチュリエらによる退役軍人共和連合（ARAC）の創設**
	3. 8	ロシア二月革命（-15）：3. 17皇帝退位。臨時政府は戦争継続
	4. 6	アメリカ参戦
	4.	フランスの攻勢失敗、兵士の反乱
	5. 18	**コクトー台本のバレエ《パラード》初演（パリ、シャトレ劇場）**
	7.	**チューリッヒで『ダダ』の創刊**
	11. 5	ロシア十月革命（-7）
		主な文学作品
		ポール・ヴァレリー『若きパルク』
		ピエール・ドリュ＝ラ＝ロシェル『審問』
		アンリ・マレルブ『拳に炎を』（ゴンクール賞）
		ジャン・ポーラン『熱心な兵士』
1918	1. 8	アメリカ大統領ウィルソンの「一四カ条」演説
	3. 3	ブレスト・リトフスク条約調印：ソヴィエト・ロシアの戦線離脱
	3. 21	ドイツ軍が西部戦線で大攻勢を開始
	3. 23	**ツァラ「ダダ宣言1918」をチューリッヒで朗読（12月発行の『ダダ 3』に掲載）**
	5. 13	フランスでストライキ第二波がはじまる（-28）
	7. 15	第二次マルヌの戦い（-8. 3）：イギリス、フランス、アメリカ軍の反攻開始
	10.	スペイン風邪がフランスで猛威を振るう
	11. 9	**アポリネール、スペイン風邪のため死亡**
	11. 11	休戦
		主な文学作品
		アポリネール『カリグラム』
		ジョルジュ・デュアメル『文明』（ゴンクール賞）

略年表　特に本書にかかわる項目は太字

年	月日	出来事
1913	8. 7	兵役三年法可決
		主な文学作品
		ギヨーム・アポリネール『アルコール』
		マルセル・プルースト『スワン家の方へ』
		モーリス・バレス『精霊の息吹く丘』
1914	6. 28	サライェヴォ事件
	7. 28	オーストリアがセルビアに宣戦布告。ドイツ、ロシア参戦
	7. 31	**ジャン・ジョレス暗殺**
	8. 1	**フランス、ドイツに総動員令**
	8. 4	ドイツ軍がベルギーに侵入。イギリス、フランス参戦
	8. 23	シャルルロワ戦、モンス戦：イギリス、フランス軍退却開始
	9. 2	フランス政府、ボルドーへ避難
	9. 5	**シャルル・ペギー戦死**
	9. 6	第一次マルヌの戦い（-10）イギリス、フランス軍反攻（-11. 11）、西部戦線膠着へ
	9. 26	**アラン＝フルニエ戦死**
	12. 4	**アポリネールが志願兵として参戦**
		主な文学作品
		アンドレ・ジッド『法王庁の抜け穴』
		レーモン・ルーセル『ロクス・ソルス』
1915	2. 15	シャンパーニュでフランス軍攻勢（-3. 18）
	2. 26	**アンドレ・ブルトン動員（7月からナントに衛生隊員として配属）**
	4. 22	第二次イープル戦（-5. 24）：ドイツ、西部戦線初の毒ガス大量使用
	5. 23	イタリア参戦
	9. 28	**ブレーズ・サンドラール、右腕を失う**
		主な文学作品
		ロマン・ロラン『戦乱を超えて』
		ルネ・バンジャマン『ガスパール』（ゴンクール賞）
1916	**1.**	**ピエール・アルベール＝ビロ、『SIC』を創刊**
	2. 5	**フーゴ・バルがチューリッヒにキャバレー・ヴォルテールを開く**
	2. 21	ヴェルダンの戦い（-12. 18）
	3. 17	**ギヨーム・アポリネール、砲弾を頭部に受けて負傷**

久保昭博（くぼ・あきひろ）
1973年生まれ。東京大学大学院総合文化研究科満期退学。パリ第三大学博士課程修了。現在、京都大学人文科学研究所助教。文学博士。専攻はフランス文学、文学理論。訳書に、ミシェル・ヴィノック『知識人の時代』（共訳、紀伊國屋書店、2007）、ジャン・ボードリヤール『悪の知性』（共訳、NTT出版、2008）。

レクチャー　第一次世界大戦を考える
表象の傷——第一次世界大戦からみるフランス文学史

2011年3月10日　初版第1刷印刷
2011年3月20日　初版第1刷発行

著　者　久保昭博
発行者　渡辺博史
発行所　人文書院
〒612-8447　京都市伏見区竹田西内畑町9
電話　075-603-1344　振替　01000-8-1103

装幀者　間村俊一
印刷所　創栄図書印刷株式会社
製本所　坂井製本所

落丁・乱丁本は小社送料負担にてお取り替えいたします

ISBN978-4-409-51115-2　C1320